草の上の舞踏

日本と朝鮮半島の間《はざま》に生きて

森崎和江

藤原書店

草の上の舞踏　もくじ

第二章　明日へ吹く風

カバー・扉画　蕙園　申潤福《深渓遊沐図》《春郊行楽図》
（十八世紀末〜十九世紀初）

草の上の舞踏

日本と朝鮮半島の間《はざま》に生きて

序章

とおいとおい過去のこと
夕ぐれの散歩道
ちいさなわたしはポプラの木に抱きついて
頬をよせ
目をつむっておりました

水が流れているのです
高い大きなポプラのなかを
いのちが流れているのです
母に抱かれているような

序　章

ほそく目をあけ仰ぎます
葉っぱの森がまっくら
「雀のお宿だよ」
うしろから父の声

葉っぱの森へと夕やけ空を
あちらこちらからかえってくる雀たち
いつしか静かになりました
水に抱かれて眠ります

わたしは父と手をつなぎ
うたいながら帰ります
夕ぐれるこの町を
とおいとおい過去のこと
朝鮮半島の　雀のお宿

＊　＊　＊

東海岸の非武装中立地帯に接している束草市《ソクチョ》へと、ソウルからの観光バスは高速道路をつっ走る。太白《テベク》山脈の峠を幾曲がり、「もうすぐ東草です」と運転士が最後の峠をくだると、波静かな東海《トンヘ》の光が林の間から射した。やがて波打際の舗装路を北へと曲がる。遙かな水平線へと霞む東海。

そして雪嶺《サラク》山国立公園にバスは止まった。北の金剛《クムガン》山へとつづく山脈の中の山の麓。その展望台のエレベーターへと乗客はバスを降り、並んだ。幾人もの客を乗せてエレベーターは上昇する。山頂に展望所がひろびろとひろがっていた。売店もある。展望所の三方に設けられている望遠鏡に幾組もの若者が寄っていた。雪嶺山のそこここの岩の上には若いカップルが腰をおろしている。弁当をひろげているカップルもいた。登山道があるのだろう。

私はエレベーターに同乗していた六、七人の老女達にまじったまま岩山が北へとひろがる方へ歩いた。

白いチマ・チョゴリ姿の老女達だった。私の近くを歩く一人が語りかけた。日本語だった。

「わたしら、八十になったよ、慶州《キョンジュ》から来たよ、八十の祝いに」

「え！　慶州？」

「そう、あの人、八十八よ」

「まあ、お元気だこと」

彼女達が鉄製の手すりの前に横へと並ぶ。私も隣り合って、思いもかけぬ会話に息をのみつつ渓谷へ視線を放つ。非武装中立地帯の南に伸びている雪嶺山上の展望台である。

「慶州からここまで遠いよ。ああ……」

老女がつぶやく。

私に慶州の友人の面影が走った。北へと連行されたまま行方知れぬ夫への思いを彼女は語った。ソウルのホテルで。一九六八年（昭和四十三年）のことだった。二つ並んだベッドで夜明けの空が白むまで彼女と語り合った。

老女達はいつしか互いに無言となり、夏の日射しのもと、はるばると北方へ連なる山並や渓谷、その向こうに聳《そび》えている山々をみつめる。やがて誰かが手すりを離れて舞い始めた。民族舞踏を。白いチョゴリの両腕をひろげて。老女達が皆舞い出す。声もなく。ひろげた両腕を水平に伸ばし、白いゴム沓《シン》を静かに跳ね、足元へと視線をさげて。互いに声もなく舞う。軽やかに白いチマがゆらぎ、くるりと廻る。あちらでくるり。こちらでくるり。

慶州のハルモニ（おばあさん）達よ!!

私は北へ連なる山脈の渓谷をみつめつつ涙湧く。素知らぬふりをして、ここへと案内いただいた東宇大学の行政科教授、沈在斌《シムチェビン》先生が眺めておられる手すりへと動いた。沈先生が、ケーブルカーの案内の女性は夜間部の女子学生です、と言われた。東宇大学の校門の前方にも東海が水平線へと霞んでいた。

この海を日本では日本海と呼ぶ。観光バスの運転士が海沿いに走りながら、東海はいつの季節も今日のように静かな海です、と説明をし、非武装中立地帯のバス停の中へと入ってバスを止めたのだ。バス停留所は目の前の山肌から砂浜へと波間の中を鉄柵でかこまれていた。出入口の鉄の扉は定められた時間のみ、観光バス用に開かれ、扉のそばに陸軍の兵士が直立不動で立っていた。

この海岸線から東へ東へとつづく同じ緯度に日本の佐渡島があります、と、観光バスの運転士が同乗の日本からの客へ語っていた。私に佐渡で体験した荒海の岩に散る雪花が浮かんだ。東海は季節にかかわりなく波静かとのことだが、日本海は、ましてや佐渡の西海岸の岩肌には、五月上旬の朝も荒海の波しぶきが飛び散り、地元の方が、雪花だ、と教えてくれた。雪が吹き飛ぶように、波しぶきが散っていた。まさに、雪、であった。

かつて私は植民地時代の慶州で父母と妹弟と共に暮らした。慶州は古代の新羅《しらぎ》の都である。この慶州に新設が決まった慶州公立中学校長として、父が大邱高等普通学校から転任したためであった。当時は地名も日本語だった。大邱《テグ》を大邱《たいきゅう》と言っていた。

一九三八年（昭和十三年）の早春の日曜日のこと、父が、「ちょっと話があるからみんなおいで」と言った。そして父は転任を告げた。弟が小学校へ入学するのをたのしみにしていた時だった。父は私達へ語った。

「慶州は朝鮮が昔新羅と言っていた頃の都だ。内地の奈良のように古い都。そこに李圭寅さんという立派なお年寄りがおられる。慶州李氏といって、平氏とか源氏とかというのと同じ、古くからの名門氏族がある。そのお一人だ。秀峯という雅号を持った教養のある方だ。李秀峯さんが校主、理事長がその子息の李採雨さん、そしてぼくに校長をやれとのことで、朝鮮人も内地人も通学する公立中学校として発足することになった」

「そうですか……」と、母。

「愛子に頼みがある」

「はい」

母が手を膝に揃えた。

「自宅にも人がたずねてみえるだろう。校舎の建設も今からだし。ぼくの留守中にどんなお人がみえても物品を受け取らないでくれ」

「はい」

「慶州はいい所だぞ。朝鮮人は誇り高く、そして地道な人びとが多い。伝統のある町におとうちゃんはいい学校を作りたい」

この四月に、政府は朝鮮人青少年に対して、志願兵制度を敷いた。また朝鮮人小中学校の呼称もかわった。小学校は普通学校、中学校は高等普通学校と言っていたが、いずれも日本人の学校と同じに小学校・中学校と呼ぶこととなった。大邱高等普通学校は慶北中学校と校名がかわったのだった。父は校名がかわったその中学校と別れて大邱府を発った。私と妹とは大邱鳳山町小学校から慶州小学校へと転校し、弟は慶州小学校一年に入学した。私は五年生、妹は三年生。

この時の転校は私にとっては思いがけない視野の展開をもたらした。大邱には内地人の小学校は四校あった。第三小学校と通称され三校目に建ったという鳳山町小学校に入学して、なじみ合った頃、校門を出ると歌った。「第三小学校ボロ学校、入ってみればクソだらけ。またあしたね。さよなら三角、また来て四角」と。友のランドセルを叩く。互いに叩き返す。そしてようやくのこと、わが家へと向かう。が四年生から男の子と女の子はそれぞれ二組ずつの別々の組になった。心外だった。内地の小学校は一年生の時から男の子と女の子は別々の教育だと、聞かされた。古くさいと思った。四年生の教室は二階の向こうの方とこっちの方に別れた。授業内容も女の子は裁縫、男の子は工作が加わりそれぞれ特別教室へ行く。

慶州はちいさな小学校だった。鼻をたらした男の子もいた。女の子も一緒の四十余人の一組だけ。転校直後、一人で帰っている時に折りたたみナイフを突きつけられ、溝に片足落ちたままでにらみ合いをした。じっとその目をみていると、ナイフを畳んで去って行った。先生は二十二、三歳の情熱あふれる独身の山元三嘉先生。本虫と先生からあだ名をつけられ、本を開くと、「本虫、外で遊べ」と追われた。男女別の授業などないので、かわりに、農業で肥料桶をかつがせられた。

「森崎！　よろよろするな！　田舎香水がかかるぞ！」

友人は上手だった。ことに袖口を光らせた男の子など率先して指図した。ひしゃくで便所の汲取りもする。私も上手にうんこやおしっこをすくって桶にいれるようになった。その桶を天秤棒で担って、ゆるい坂道も歩けるようになった。人並にできるようになった嬉しさが、土にしみていく肥料のように作業時間を楽しくさせた。この小学校を卒業して大邱高等女学校へ入った。寮があったが、知人宅の離れ座敷は女学生を下宿させていた。私も三人の上級生にまじり二人一部屋に下宿。土曜日曜を慶州へ帰り、月曜の朝登校した。大邱技芸学校へ慶州から汽車通学する人々もいた。

入学した翌年の一九四一年（昭和十六年）の十二月八日、下宿で女学生四人での朝食時のこと、ラジオから米国英国への日本軍の宣戦布告を聞いた。私達は昭和十二年七月七日の日華事変以来、日独伊三国防共協定の締結の下で国外での戦争へ出征兵士を見送っていた。その戦火が拡大したのだ。翌年妹が同校に入学、共に下宿する。そして私達家族が慶州へ移り住んで六年目の春、母が没した。三十六歳だった。南洋群島での海戦の苦境がひそかに流れる中、葬いを終えた。夜、父が防護幕を巡らした暗い座敷の灯の下で、ぽとりとつぶやいた。「愛子さんは今からだったのに。今からいい女になったのに。たった十五年。ぼくと……」

父は一九二〇年（大正九年）三月、早稲田大学史学及び社会学科の卒業後にドイツ留学が決定していた。主任教授煙山専太郎に指導を受け、留学後に大原社会問題研究所に就職が予定されていた。が、卒業直前に実家が倒産。同年八月、同大教授安部磯雄の紹介で栃木県立栃木中学校へ赴任。数年後、朝鮮大邱府に就職していた友人に誘われ、朝鮮大邱高等普通学校の教職に就いた。公務員の給料は六割高であった。土地と家とを買い戻して兄夫婦に母を託し、弟・実の早稲田大学への進学を敗戦まで支えたのだった。

母の二七日《ふたなのか》の仏事も終えて新学期の学校に戻って間もない頃、校長室に私は呼ばれた。

「おかあさんが亡くなられてさみしくなったろう。すこしは落ち着きましたか」

校長先生はためらう風情だったが、

「おとうさんがこんど金泉《きんせん》中学校に転任されることになった」

と言われた。

「え？」

どういうことなのだろう。何があったのだろう。私は土曜日に帰宅した時に玄関で外出しようとしていた父と会い、父が「おとうちゃんは前と後ろから銃を向けられている。何かあったら君は長女だ。愛子をたのむ……」とあわただしく出たことを思い出しながら、校長先生を見つめた。

「どうだろうね、君は金泉の女学校に転校する気はありませんか。あそこにも新設の女学校があるんだが」

「はい」

と答えた。私は妹と相談し、父に電話をかけ、あわただしく荷造りをした。そして大邱の駅のプラットホームで父と弟に会い、四人で金泉へと移った。

金泉中学校は町はずれに煉瓦建ての西洋風の二階建築の中学として山の麓に建っていた。

「まあ、スイスみたいね」

私達ははしゃいだ。

「かつてクリスチャンが設立した学校だ」

父は私服警官に夜毎に呼び出され出した。明け方に帰宅する。私は新設の金泉女学校で数人の朝鮮人の級友と机を並べた。みな創氏改名を命ぜられていた。母を亡くした私は激変した父の日々や妹弟への配慮に心もうつろに通学するばかり。

夜半に起き出した私は、奈良女子高等師範を受験するためにと机に向かう。とある冬の夜半、起床し灯をつけようとした時、風呂場の窓の外が、ぽっと明るくなった。駈け出すと壁ぎわに積んでいる薪に火がついていた。台所の水槽にバケツをつっこみ、たて続けに数杯かけた。燃えついたばかりの火が沈んだ。幾杯かの水をかけ、手でさわって確かめて、空を仰いだ。空は暗かった。星が出ていない。

数日後の夜、私の部屋に母が縫った綿入れのたんぜんを着た父が来ると、言った。

「ぼくから一つ頼みがある。受験校も決めているだろう。しかし、学校は福岡女専にしなさい。無念だろうが、戦局がここまで来た。万一の場合福岡なら三男さんの家がある。本家だから遠慮はいらん。送金ができなくなったり、食糧が絶えて寮が閉鎖した場合は、三男さんの会社で働かしてもらいなさい」

父はこの夜、あの女専は早稲田時代の恩師の安部磯雄先生が女子教育のためにと、郷里に貢献された国内で最初に創立の県立女専だ、と語った。私は二月の朝鮮海峡を渡った。南方へと派遣される陸軍兵士にまじって救命胴衣を身につけ、沈没時の訓練を受けつつの渡海だった。

入学したが、学徒動員となり二人の同級生と共に九州飛行機会社の部具設計室へと配置された。製図机を並べている九州大学文学部生は、いずれも軍隊へ進めぬ結核患者であった。咳をし、血痰を吐く。いつしか感染し、終戦の詔勅を製図室のラジオで聞いた。そのまま誰かと戸外へ出た。夏の日が西へと傾く。

沈む夕陽が山を染めた。山の近くで私はつぶやく。

「……よかったですね、やっと戦争が終わった」

「よくない。全く学べなかった」

その九州大学生の名は覚えていない。


一九六六年（昭和四十一年）四月の上旬だった。戦後の九州大学文学部で司書をしている大邱高女時代の友人から思いがけない電話を受けた。農学部へ韓国から、戦後初めての留学生が来たのだと。旧友ははずんだ声で知らせてくれた。

「二人で朝鮮語を習おうよ。きっと、必ず、朝鮮語の書籍が文学部にも入る。今から、すぐに農学部へ行って、彼にお願いして来るからね」

留学生は同世代の趙誠之《チョソンジ》さんだった。まだ朝鮮語辞典すら未出版当時のこと。彼は基本的なハングル文字の構成から指導をしてくれた。母音一個と子音一個の組合せ。開音節、閉音節について。主格、所有、目的等々のハングル文字の書き方読み方。その他……

彼がしばしば叱った。

「ほら、もっと大きな声で。日本人は恥ずかしがるから外国語が上達しない」

体力に乏しい私も懸命になって通った。北九州市に隣接している筑豊の元炭坑地帯の中《なか》間《ま》町から。列車を乗り継いで。

当時のハングルノートが五冊手元に残っている。農業経営学専攻の趙誠之さんが、大学院での空き時間を二名の生徒へと、二年の間教示してくださった跡である。ノートには朱のペン文字が細かに入っている。誤りを正してくださったのだ。

そして一九六八年（昭和四十三年）四月、慶州中高校創立三十周年記念に、亡き父の代理として招待を受けた。私はこの機会に、大邱に住む家族を訪ねたいと、ハングル文字の手紙を書き直し書き直しして出した。日本で生き直したいと願いつつ暮らす私の、戦後初めての韓国訪問である。娘が中学三年、息子が小学六年へと進級し、私の留守を二人が「大丈夫、行ってらっしゃい」と送り出してくれた。

こうして、私は、わがいのちの原郷の大地へと原罪の身を洗うべく、福岡空港を飛び発った。

第一章　ある植民二世の戦後

故郷・韓国への確認の旅

刑を終えてなお、犯罪の現場を歩いてみる者がある。あるいは捨てた児に人知れず逢いにいく母がいる。または戦争の体験をくりかえし追っていく。それが何であるかは、とことんのところ当人にしかわかりようがない。しかし、当人にしてみれば踏みしめねば進めぬ軌道である。ひとあしごとに自分の顔をつくっている行為ともいえる。個人のちいさな歴史は、そのような心の旅によって細い道となり、時代の総体のなかに編みこまれていくのだろう。

そのような行ないにも似て、私が韓国を訪ねるであろうことは、はるか以前から決まっているようなものでもあった。私は韓国がかつて朝鮮とよばれて日本の植民地であった当時に、その地で生まれたのである。日本人――ことに官吏だけ――の住む区域に住み、朝鮮人のオモニとネエヤに背負ってもらい、日本人だけが通う小学校および女学校に通った。

それでも私は自分の感覚の基盤が、それら日本人町のなかの、日本人特有の暮らしの中に限られていたという自信はない。というよりも、移植された草のように、私は元気よくわきめもふらずにその大地を吸い、自分自身の感情や感覚を養った。たとえば、子守唄をうたって母が弟らを寝かせているのを聞きながら、ぼうやの子守りはどこへ行った、と、里帰りしているオモニやその家や、その家の屋根に干してある赤いとうがらしやポプラを心にえがいていた。おじいさんは山に柴《しば》刈りに、おばあさんは川へ洗濯に、という話は、私には白衣の朝鮮服を着た朝鮮のおじいさんおばあさんの行為としてしかえがけないのである。また、盆の供養は、私の心では芝生につつまれた土まんじゅうの墓から、白い服を着ている御先祖が私ら子孫のもとへ来てくださるものとなっていた。内地の墓へも参ったし、家系図や父が書いてくれた家の歴史も目にしたが、なんとしても感情とならぬのである。植民地の二世には、内地はおはなしの世界であり、朝鮮は私の血肉を養ってくれる現実であった。

私は私をとりまく現実へせいいっぱいの親愛をこめて生きた。そのように自分がよその民族の風習や歴史的な伝統を我田引水的にむさぼり吸った無分別さが、敗戦以来の私を苦しめた。父は朝鮮人青少年の教育にあたっていて、よく私を彼らの田舎へ連れて行った。

農家では子供らは裸んぼが多く、また、笑わなかった。笑いを知らぬ幼児の姿さえ、私は自分の詩情を養う大切な風物としたのである。

ほんとうの彼らに逢いたい……。日本に来て私は、あの裸んぼで笑わぬ彼らの影像のまえで幾度涙したかしれぬ。私は彼らとも遊んだことがあるけれども、その間も声をたてて笑うことはなかった。ほんとうの彼らは笑う人々であるにちがいない。われとわが胸を刺すこのような根源的な問を、私は敗戦ののちにこの日本で、日本になじみ難く生きつつ持った。

日本が負けてよかった、という思いは、自分が統括者づらをする――きっとそうなった――年齢となる前に彼の地と訣別しえた私の真情であった。傷いたむ思いで彼らの言語を学びだしてから、私は笑うという行為に対する数多くの形容詞が朝鮮語にあることを知った。情感ゆたかなそれは、赤ん坊が笑うときの形容詞から、おかあさん、娘さん、中年の男、老人、その他各種各様に区別され、単ににっこりとかにこにこなどという単調さではなく、まるで笑いの行為をさしとめられたものの無数の分化を思わせるように、そしてなお生まれつづける感じでそこに生きていた。

これらのことばを主体的に駆使して何かを生みだしているであろう彼らの日常に、よそながらそっと逢いたい。こんな思いは、私が感覚の母体としたところの朝鮮の自然と混合していた風習が、実は彼らの民族性の裏返されたものであったろうことを思うためであった。彼らこそどんなにか正面きった自己を表現したかったことだろう。私はそれとまともに出逢う権利を失っているが、せめてまっすぐに感じとって消えたい思いであった。私はそのためにながい日時を要した。というのは、私がまっすぐにそれと出会うには、植民二世を脱皮して、まがりなりにも日本の何かでなければならなかったから。私は自分で納得がいく日本民衆の一人になろうとしつづけた。

敗戦後二十数年かけて、敗戦国日本でつくり出そうとした日本人私は、まことにいびつなものであった。とはいえ、訪韓の資格の基礎はできた思いで飛行機に乗ったのである。そして、飛び出したとたんに自信を失った。青い海の上で、私は自分が何ものでもないのを見出して不安を感じた。となりの座席に日本語が話せない二十三歳の青年が腰かけていた。佐世保にいる父に逢って帰るところだといった。私は彼に叫んだ。「あなたのお国が見える！　ああ、なんて美しい！」ただたどしい私の朝鮮語での叫びは、ふるえている自己へのまじないめいた。

空と地から光が流れていた。地面をざんぶりと海にひたして苔を洗ったような山河に、私は再会した。空と地との間にあふれている光の空間、その恋しかったもののなかに立って、幾度も深く呼吸した。

「和江さん」と、声がした。そらみみと思った。

「森崎さん」と呼ばれた。税関室へ入った直後である。「お迎えの人がみえてますよ」

私は真実どきりとした。日本での運動その他がばれたのかと思った。ドアを開けて息をのんだ。

「よく来ましたね」

にこにことしているその顔を、きのうのつづきのように私はそこにみた。声が出なかった。共に車に乗り透明な昼の光の中を突っ走りながら、点在する丸屋根の藁ぶきの農家を、心はなめるように眺めながら、なお私は、まあ！ というきり声が出なかった。みるみるうちに日本での二十数年が断絶していくかのように、彼は当時さながらであった。いたずらっぽさと分別くささが同居し、気さくで闊達で、目じりのしわさえそのままである。やっと私は笑い出し、「少しも変っていらっしゃらないのねえ」といった。そして「あのころは本当にお世話になりました」と、当時の家族にかわって礼をいった。

それからの昼と夜とを、私は彼のクラスメートや同窓生らの談笑の渦に迎えられた。かつての私のほのかな思慕の対象たちであった。どうしたというのだろう、と私は幾度もつぶやいた。夜になって一人になると、おのずから涙がこぼれた。どうしたのだろう、何を迎えてくれたのだろう。私には理解しえない何かが渦まいていた。

私は一九六八年四月二十日、亡くなった父の代りに、慶州市にある慶州中高等学校の開校三十周年記念式典に招待された。父は同校の初代校長であった。空港に出迎えてくれたのは、その第一回卒業生である。私は彼によって、日本から当時の先生がお二人と卒業生が二名訪韓し宿泊している場に案内された。会場では、日本の高校生と同じように、クラブ活動をしている生徒が幾度もカメラをかまえた。日本からとどいた詩の雑誌に載っていた私の詩や文章で「校長先生が亡くなられたことを知り、みなに知らせました」と同校の先生が話された。とうとう私はある会食の場で、こんなふうに迎えられる資格がないのに、とつぶやき、彼らの一人に激しくたしなめられた。

「馬鹿、そんなことじゃない。あんたはおとうさんのことをそんないい方しちゃいかん。僕らに安心してまかせなさい」

何をまかせよと彼らはいうのだろう。

「和江さん、あなたどう考えます？　青年期まで他国語が思考のすみずみまで滲透し、日常的思考さえ他国語であり感覚の大半が他国の思考方式になっていた人間が、ほんとうの意味で自己をとりもどせると思いますか？」

「ね、森崎さん、ぼくは思うのですよ。民族性というものは根強い。三十六年間の支配などたいしたことではないのです。もっともっとぼくらは傷ついていますよ、歴史的に。現在もなお。民族性はしかし生きつづけています。がまた、民族に立つということは実にむずかしいことです」

「外からみれば韓国の現実はせっぱつまったようにみえるでしょう。しかし韓国人は息のながい民族なんですよ。たとえば三十八度線のむこうとこちらはどっちも同じ民族です。気短かに考えては何も生まれません。いま自分をとりまいている条件の中で、むこうもこちらも可能な限りの生き方をしようとしているのです。たとえばぼくらの時代や子供の時代にそれが合体した力になれなくとも、必ずひとつのものになりますよ。それはね……」

二十数年間使うことのなかった日本語は錆ついて思うようにすべらない、と彼らは笑いつつ話した。私は「ごめんなさい。お訪ねするために読み書きを勉強したのですけれど、みなさんの話がむずかしすぎて役に立ちません。不自由なことばを使ってもらって申しわけがないわ」とことわりをいった。

　彼らの一人は笑った。「どういたしまして。ぼくら、どこのことばも不自由ですよ。それでも大丈夫。なんでも使って自分の意志くらい十分に伝達しますよ」といった。「どこのことばも不自由ですよ」というのは、私の骨にこたえるのである。彼は現代詩を書いていた。彼の詩集はむずかしくて歯がたたない。そういうと、「そうでしょう、難解だといわれます。その理由はいろいろあるのですが、そのひとつに日本語と日本的思考の影響がありますね」といった。

　ようやく少しずつ、彼ら大勢の慶州にゆかりある者たちが心をよせあって、何をそこに迎えんとしているかが、私に伝わってきたのである。慶州とは、新羅統一国家時代の都である。その典雅な名残りは静かな町のたたずまいににじんでいた。（今は観光都市となっていて、風情がうすれて残念である）。あの当時は日本人が汚していたが、それでもその町には、新入りの日本式思考や感覚で律しきれぬ生活秩序と美意識が王陵や遺跡を包んでいた。それは私の心をひらかせ、私もそれにやすんじて包まれんとした。親にかくれて一人で散策した。弟も学校をさぼってさまよいめぐって母に叱られた。これらは所有の心とはいささかちがうのである。またここは凛然《りんぜん》とした青年と老人が多く、新羅の血統をしのばせた。

或る時、この町にひそかな抵抗組織がつくられていることを教えられた。朝鮮人の少女から。私はその時の会話をありありと記憶しているが、それを私（同時に父や家族）をふくめた日本人全員への直接的な抵抗と感じとることもなく少女の直情にうたれた。子供であった私は、他へ秘すことを約した。私は父が知っていようとは思わなかった。ところが、この旅行の途上で、亡父が、当然中学にもつくられていたそれらの集団員の個々人と個別に話しあっただけで、彼もまた他へ一切秘していたことを知らされた。父には当局へ知らせる義務があったのだが。日本人が当時の植民地政策と別途に、個人として生きたのは、せいぜいそのあたりまでであった。亡父とて、もとより軍国主義一律の教育を行なったのであり、彼らはその姓名さえ変えていたのである。

「僕らはしばしば話しました。あなたのおとうさんは当時も苦しまれたろうが、敗戦のあと日本でどのように苦しまれたろうかと。彼の本質は自由主義者でしたよ、和江さんは知らんでしょう。僕はね、彼が敗戦後の日本でいかに生きようとしたかを知りたいと、痛切に思ってきました」

そして、私は亡父に関するエピソードを心にかかえきれぬほど聞いた。それはたしかに彼を語っているかにみえた。それは、そこに貼りついている語り手の青春の痛みを語っていたのである。それは決して単純に表わしえぬ抵抗の精神であり、日本的表現と戦時的現実とを駆使してきずきあげられた、被圧迫民族の衰えることを知らぬ自己保持の姿であった。

　彼らは当時の選びぬかれた少数者である。中学校進学は植民者二世らの進学率とは比較にならなかった。彼らはそれぞれ大学に進み留学を終え、いまは韓国の政経の中枢にいた。または文化・実業などの中堅層として活躍していた。そしてなお、植民地当時の絶対的条件であった同化政策下で、それを駆使することで非同化の自己を守りぬいたことに痛んでいた。その個々のたたかいぶりは痛ましかった。それはつぐないがたい傷として今なお口をあけていたのである。

「あなたに逢ってぜひ話しておきたいことがあったのですよ。ぼくの青春は森崎一家とのかかわり方をぬきにしてはありえないほど、ふかい。ぼくの考え方の中核にあなた方は作用してきました。ぼくの心に直接影響をおよぼしたものは、支配国日本の思想ではなくて、和江さんのおとうさんです。彼は毎週月曜日に、何かしら一つのことばを書いて階段の下に貼っていました。靖国神社の前で骨つぼをかかえた少年が涙をいっぱい溜めて立っている、その写真をかかげ、その下に、この少年をみよ！　と彼は書くのです。そんなことばだけをあらゆる軍事色支配色の中から拾って、ぼくは彼の精神のそば近くにいました。彼がわかるのです。このようにわかるものがあったということ、あの当時に。これは重大な意味があると思います。立場が違っていたのですから。そしてまた、二十数年たって各自のくにで各自の道を歩いたあと、こうしてぼくらが逢い、互いに何かがわかっているという事実がある。逢わざるをえない歴史性が、ぼくたちにはあるのだということ、それを話しておきたいと思っていたのです。それを確認しあう力もまたあると思いたい。そして、これから先へ歩いて行くのです。これから先、どうなるかはわかりません。またいう必要もないかもしれない。必要なことは、一見、加害・被害関係にあるかにみえながら実体はそこにとどまってはいないものが、一筋の歴史を生み出すということ、それをいまここで確認しあいたいということです」

彼のことばは、そのまま私のことばのようであった。彼らが各自に、脱ぎ捨ててしまうことが不可能な体験としている日本の影は、私のように彼ら民族の影からのがれえないものだけが、その噛み合ったあとの深さを計るばかりであろうか。そしてまったく相反した立場での体験の、そのねじれ合った傷あとだけを資産のようにして相対するのである。それはまるで私たち共同体験の世代だけの痛みのように、新しい韓国でも受けとれた。韓国はすばらしく変化していたのである。いや生まれていた。

何が生まれていたろう。そのひとつは、再建された日本国に対する失望と不信感。私はかつて、アメリカの黒人作家ボールドウィンが「あてにならないアジア」という表現でもって、アジアとの思想的無縁さを語っていたのを読んだが、韓国に普遍化している日本国不信はそれとどこか似ていて、「あてにならない無思想のくに日本」という点であった。戦後の日本を知るインテリほどそれは深い。

つぎに都市と都市生活の近代化。ことにソウルは韓国の象徴となるものを都市計画そのものに盛ろうとしているかのように、今、漢江のまんなかに巨大な人工島をつくりつつあった。国会、各国大使館、大学などが漢江の流れの中央に浮かび八方に高速道路がのびるわけである。百四十万人を越える首都は、かつての京城の象徴であった南山を都市の小公園と化していた。動きやまぬこの街を私は昼に眺め、夜に眺めた。同行する彼らは多くを語らなかった。誰もが直接この建設途上の国の責任ある地位にあった。諸外国を知り視野のひろい彼らがどういう心で建設の道程を指し示しているかが、私には十分にわかる。

韓国は日本が食い荒らしたあとの貧困とたたかうことで清潔な創意を生んでいた。

そして地にしみとおっているかのような、南北分裂の深い翳り。これこそは日本が残したもっとも残酷な爪あとである。私はかの地から逃げ帰った家族であるからひとしおそう思う。民族の分裂は、アカかシロかの問題に限定される質にとどまりえない。私が逢った人々の誰もが、その肉親をこの分裂のたたかいで失ったり別離したりしていた。そして誰もが血の呼び起こしのように結合の深淵にいたる道を、心の闇にいくたびとなく書いていた。日常の次元でこんなふうに高度な問題をもつ民族は少ない。一般の人々が心の闇にむかって、一人で他へ語ることのない書きものをしているのである。その集積は思考の泉を深めざるをえない。それは彼らが自覚している深さよりも深い。

つぎに女性たちの集団。わずかな滞在中に逢えたグループや伝え聞いた集まりだけでもかなりになる。インテリから農家の娯楽集団まで。もともと韓国には相互扶助の意味で村落に各種の集団が伝統的にあったが、それがテーマをもった集まりとなって再生しつつあった。私は楽しい思いがした。少しは韓国のことばが自由に使えるようになりたいと強く思った。その一つは、グループの中に日本人とはじめて逢ったという婦人がいたからである。彼女は独立運動のために重慶に住んだ父とともにあったので、日本語をまったく知らない知識人であった。その二つめは、私が在学した女学校を訪ねた時、案内してくださった校長先生がそばの女生徒らに「この校舎で勉強した日本人ですよ」と説明された。生徒は目をぱちぱちさせていたが、帰路いっしょになった時、「やっぱり韓国語で勉強したの？」

とたずねた。反日教育をたたきこまれていると日本で聞かされていた韓国で、このような世代が育っていたのだ。まるで私の子供らのようにたあいない。私はもっとこの少女たちと話がしたかった。何を専攻したいの、と聞くと、物理、と答えた。私がかつて夢見ごこちで歩いた道を、彼女らが闊歩している様子は私の心を救った。

そして最後に、私はある知人の墓に参った。高い山のなかばまで引きずられつつのぼった。彼は彼の村と山と河とが一望にみえるところにねむっていた。彼の農村も若者が出払っていた。都市へむかって。その症状を、私も韓国の多くの人々と同じように憂う思いである。農業対策のおくれは国家経済の基礎の脆弱さ以外のなにものでもないのだから。しかし批判するのはたやすく、韓国とともに生きるのはまことに困難である。

そっとひそかに歩こう。そう思っていた私は、さまざまな階層の人々や家族たちからたいそうあたたかに迎えられた。新しい友人を数多く得た。工場労働者の家庭や農家の板の間でも、もてなしを受けた。身ぶり手ぶりでしきりに泊れという。村のあの人この人が集まってくる。その多くは日本に行ったきりの兄をたずねたり姉の消息を聞いたりするのである。たどたどしい私のことばで彼女らは何を納得してくれたのだろう。老母が私の体をさすり、心は通う、といった。三十代の嫁が「わたしたちの一生は戦争なの」といった。

夫は動乱で行方不明になっていた。手紙をください、淋しい、という。通行禁止となる夜半十二時すれすれに手を握り合い、やっと別れた。

旅の終り近く、多くの労をとってくれた友人が「和江さんはほんとうに混血ですね。韓国の歴史を勉強なさい、よい本が出たら送りましょう」といってくれた。まるで私の墓をあばいたように。私は日本へ帰らねばならぬのをおそれる心でのこり少ない旅を急いだ。

訪韓スケッチによせて

「あなたをほんとうに待っていました。逢ったらぜひこのことを話そうと思っていたのです。人々は一生の間に、ふたつの国語を身につけることが可能でしょうか」

A氏はソファに坐るなり、そういった。ソウルの国際的なホテルに彼はわたしの部屋をとってくれていた。

「解放後二十数年たっても、まだわたしの感覚はにほん語を話しています。気分をこわさないで聞いてください。心からあなたのご来韓を待っていました。少年期の知人としてだけではない。わたしは文学をこころざしましたから、手をつくして日本のものにも接してきました。あなたのものもみつけました。ですから、わたしは単なる知人としてではなく、同じ時代を別の立場ですごした相手として、卒直にたずねたいと思って待っていたのです。

どうお考えですか。精神の形成期に使ってきたことばから、人間は完全に抜けられると思われますか？　一生の間にふたつのことばを国語とし得るものなのでしょうか。

恥をさらすようですが、わたしは日本語を機械的に使っていたのではないのです。あの頃わたしは自分の苦痛を短歌に表現してきました。解放されたからといって、それまで自己表現の手段だったものから、完全に解き放たれることはできない。わたしは日本の支配へうらみごとをのべているのではないのです。あの頃、日本語で完全に自分を表現しえたかどうか疑わしい。しかし、いまはその逆がいえます。

このことは韓国人どうしでは話すことができません。誰だってそのことに触れるのは苦痛です。にほん語を話すことだって苦痛だし、国民あげて反日的です。特にわたしたちの世代は日本語以外使わずに育ったようなものですから、若い世代から不信の目でみられます。だからといってわたしの疑問は消えません」

A氏はホテルへわたしを送って来て、この話をしだした。それまでわたしらは二十人ほどで談笑していた。彼は韓国でも有数の繊維会社を経営し、輸出も行なっていた。わたしは韓国の文化人たちが人々と共にいる時と単独の場合とではかなり発言が異なることに訪韓後すぐに気づいた。わたしは彼へ答えようとした。

「ふたつの国語、とおっしゃいましたね。わたしはそれを……わたしはそれをふたつのことば、あるいはふたつの民族語、というふうに表現してきました。ですから、あなたへお答えする資格はない。

あの、わたくしの話をお聞き願えますか？　わたしはにほん語しか知りません。こんどこちらをお訪ねするために、少しハングルの勉強をしました。けれど駄目です。そんなふうですのに敗戦後、にほんでことばに悩みました。にほん語がふたつに割れるのです。ふたつの心に割れる。あなた方のお叱りを受けるにちがいないけど、あえていうなら、ふたつの民族の心に割れる。わたしは自分の魂があなた方の生活の呼吸に相当ふかく影響されていたことを、知らされました。で、いまあなたへのお答えをそのあたりからしようとしていますけれども、どこか、何かが、あなたのお気持と重なっていますか？」

わたしは彼の反応を待った。彼はただ坑口のような目をあけてわたしを伺っている。やむなくわたしは続けた。

「わたしはさきほどいいましたように、国語ということばが使えないんです。いろんな意味でそうなっています。わたしは国語を使ってない。それはあなた方のことばを朝鮮語と呼ぶか韓国語というのかという次元につながる意味でのものがひとつ。もうひとつは日本の国語に少しも反映できないまま生活して来た日本土民の言語感覚とも私は切れている、という意味で。

そしてそれが日本国家の侵略の結果だということを忘れてはいません。わたしの持つことばの分裂感は自分の民族と相手側の民族との両方へ対するコンプレックスにちがいないんです。どちらへも密着し得ない。というのはマイナスだけかどうか。これは在日朝鮮人の、ことばと思想との内的関連とも関係して考えているのです。

わたしは自分のこんな状態を、両民族に対する批判的な力量へまで追いこむほかないと考えています。この私のような場は近代になって突然できたのではなくて、庶民の生活の中では随分昔からあるようです。私は、二つの民族の心と、なんとか理解し合う媒介者の思想が生めないかなあと考えています。国境に近い女の歴史のなかにはそんな立場の人がいます。わたしはそれらのかくれた働きを思います。それを意識的なものへ引きあげられないかなあと思っているのですけど」

彼の目はやわらかな室内の灯かげで反応をみせないのである。わたしのどこかもまた警戒している。焼かれている感じがする。彼は口をひらいた。

「和江さんは支配民族の立場でいらしたから、そうお考えになれるのかも知れませんね。

さきほどもいいましたように、わたしは機械的に日本語を使ってきたわけではない。喧嘩して泣く時すら、日本語で泣きわめきました。家の中でも。

もちろんわたしも人並に朝鮮の解放をよろこびました。が、それは突然にわたしにおそったものでした。わたしは魂のもっとも深い所でわたしの精神の形成にかかわったのが、ほかならぬあなたのおとうさんであったことをくやんではいません。こうしてあなたと話していて、わたしはあなた以上に彼を理解しているのではないかとすら感じます。わたしには日本の敗戦後のあなたのおとうさんの苦痛が感じとれる。彼はリベラリストでしたよ、知っていますか。

わたしは彼の人格によって触発されたことを、わたしら民族の歴史にもかかわらず誇っています。わが国では一時期そうした事実を軽蔑することが流行しました。それはわかります。しかし人間の魂への影響は権力によって出来るものではないのです。けれどもわたしは、自分へ浸透してきた日本が、たとえどのような手つづきを経たものであるにせよ、わたしの何かをくつがえしたことを悲しみました。これは感傷としていっているのではありません。そういう感傷で、あなたを待ったのではない。本来ならおとうさんにお逢いしたいけれども、亡くなられているので、あなたを待っていたのです。それはわたしの中でくつがえったものが、あなたのおとうさんの中ではどうなっているのかを、知りたかったからです」

　わたしはこくりとうなずいた。

「あの頃あなたは子供でした。きっと軍隊へ行った朝鮮人の心の中までは、わからないでしょう。わたしはあなたのおとうさんと二人だけで話しました」

　わたしは亡父の書斎によばれて、父から、いつ万一自分がどのような災難に出逢おうとも、父を信じて生きよといわれたことをちらと思い出した。暗い月日であった。緊張した精神だけが華麗さを感じさせる、そんな頃であった。新羅の古都で、父は、近年のわたしが炭坑町で労働者に接している時間の緊迫などとは比較にならぬ密度で、彼ら青少年に接していた。あの地に建立された彼らの中学は、朝鮮民族の私立学校であるはずであった。そこへ四十代へ至らんとする亡父が、日本人との共学の公立中学校長の任を負って赴任していった。わたしら家族はまるごと朝鮮人青少年との交流を行ないはじめた。わたしは彼らによって育てられるべく、彼らの内面へむかって父から放たれていたのである。

　あれから三十年も経ち、わたしはその私立学校の開校三十周年記念に、亡父のかわりに招待され、式典に参列し、いまA氏のその坑口のごとき目にみつめられていた。彼はかじかんだようなわたしの顔へ声をかけつづけた。

「……にほん人によって開発されたわたしを越えるほどの自分を生むことを、わたしは文学でやろうと努めました。けれどもことばへの好み、ことばに対する呼吸が、わたしのはにほん的です。それは朝鮮を主題とし、朝鮮語で書きながら、わたしのにほん語への好みを朝鮮にほんやくしている。そんなことかまわんという人もいくらもいます。けれども表現とはそういうことじゃないと、わたしは思うのです。わたしはことばに恐怖を感じて、筆を折る決意をしました」

わたしは何かが混濁する思いに堪えた。彼はみにくくみえた。額にちいさい傷あとがあった。年をとって感じられた。

「あなたはわたしの国の税関がルーズだったことを驚かれましたね。あなたの荷をしらべなかったのは、わたしらが手配しておいたからです。しかしそれなど、氷山の一角でもありません。

日本へ行った者はマルクス全集を買って帰ります。韓国ではご存じのようにそれは禁書です。しかし読まねばならない。わたしらは戦時中に伏字の多いそれを読みかじっただけですから。

わたしらは朝鮮動乱をとおして共産主義体制を知り、それを憎んでいます。しかし、読まねばならない。読みたい。で、必ず買って帰る。税関など、どうにでもなるのです。日本から帰った者は、真夜中の電話に悩まされます。おい、持って帰ったろう、という。もちろん、と答える。読ませろ、だめだ。読ませろ、だめだ。これが一カ月は続きます。しかし見せるわけにはいきません。たとえ無二の親友であろうとも。必ず政変で利用される。韓国はそういう状況にありますから。

こうした状況をあなたが島国的性急さで、韓国にレフト的な思想状況があると思われるなら、それはあやまりです。こんなふうにして、わたしらは日本の支配が骨へしみとおっているのを、なんとか解決しようと努力します。しかし反面わたしは、わたし個人を放棄しているのです。あなたがおっしゃる相互媒介の役をし得る存在は、わたしではない。わたしの息子や孫の代でしょう」

わたしは素顔をさらすことへのためらいを感じながら、それでもA氏へむかって心をのり出させていった。わたしは問うた。

「わたしは日本で労働者階級の問題を考えている者です。あなたはわたしと個人的に話をなさって、今後のお仕事にさしつかえはしませんか」

「あなたが共産党員でない限りかまいません。でも、たとえあなたがレフトの大物であったとしても、わたしはやはり今度はお目にかかったことでしょう」

A氏はうすく笑った。わたしの心は口ごもっている。旅行者の姿勢で彼の内面へたちいるつもりはない。かといって、今後引きつづき主題を共にするほど強引に彼へ踏みこむつもりもない。しかし彼の意識のありようは、わたしをいらだたせた。わたしは自分をなだめるように話す。

「わたしは人間の存在は一面的な対応に限定されていないと思っています。わたしはあなたのおっしゃるように支配民族の女の子としてここで生きました。庶民のひとりとしてあなた方に接しました。あなたは支配民族とおっしゃった。その民族の女の子の、基本的な感覚を創ったものがあります。その一つは、あなたやわたしが愛している慶州のたたずまいです。もうひとつ。それはあなた方民族の目です。ことに、朝鮮民族の同世代の男の子たちの目なんです。いまこうしてお話ししていても、それはやっぱり消えてくれません」

A氏がふっと小首をかしげる表情をした。わたしに幼年の心が戻る。

「あなた方はただの一度もわたしを許した目をなさいませんでした。一緒に話していた時も」

「そうですか」

「あなたはわたしが女学校へ入学した頃をご存じですか」

「ええ。セーラー服、黒いくつしたの」

「夕方、すれ違いましたね。ポプラ並木のところで」

「ええ、覚えています」

わたしらは黙った。わたしは目を伏せた。

「コーヒーを運ばせましょう」

彼が立ちあがった。ふたつ並んだ大きなベッドの間の電話器へむかって歩いていった。

わたしは深く息をした。

あの時少年はすれちがいざまに、ぐいと片手をつきだした。そのこぶしの指の股から、親指の頭を思いっきりのぞかせていた。早春の落葉した木肌が光った。その指の頭はなまなましい血の色をしていた。

「イルボン、ボボ」

少年はくらい声で吐きすてた。いや、もはや青年であった。小暗い木立のようだった。

わたしは見上げずにすたすた歩いた。わたしは馴れていた。彼ら民族の男たちから性を侮蔑されることに。そして性への侮蔑には不動の高さを持つほかないと、これはもう四、五歳の頃から彼らによって育てられたわたしの信条であった。歩きながらわたしは、ボボという朝鮮語はにほん語ではなんというのかしら、と思った。

彼がソファへもどってきた。煙草に火をつけた。

「わたし、あの目に抵抗しつづけている間に、自分が創られたのだと思います。存在とはそういうものだと思いますわ。

あなたは正攻法でないものは、みな棄ててしまいたいとお考えのようですけれども。でも、支配と被支配の内部関係は固定的なものではないと思っています。ひっくり返しひっくり返しして関係はねじれこんでます。しかし、被支配者に関係は決定的なものだと思いこませるのが支配の技術でしょうけど」

ボーイが銀盆を運んで来た。

「理解できますが、そういう見方には馴れていません」

彼がいった。この地の下層階級を連想しているのが感じとれた。わたしはコーヒーをすすりながら、彼のこわばった表情から話題をはぐらかした。

「あなた方は誰も彼もあの頃は、にほんの女へ集団的な強姦をたくらんでる表情をしてましたよ。そうでしょ？」

ええ、まあ、と彼は笑った。

「……空はわたしら民族にとって固有の意味を持ちますよ。空は想いの国ですよ。わたしらは侵略されながらくりかえし民族の総体を信じてきましたよ。自分の卑小さが朝鮮民族を信じさせなくなる時、わたしらはその総体があやまらずに伝えたものを信じるのですよ。

いまもそうです。北にも南にもこのとがった泡みたいな一時期を耐えている目がありますよ。それがこの半島の空へのぼります。空は想いのくにですよ」

B氏のにほん語は音楽のようであった。

「和江さん、わたしらは逢わねばならない間柄でしたよ。わたしら民族にことわざがありますよ。仔牛が河むこうへ渡った、というのです。すっかり消えてしまうことをいいますよ。和江さん、あなたとわたしとは共通の仔牛を持っていますよ。それを河むこうに渡らせるには、あなたの力がわたしにいりますよ。力を貸しあいたい借りあいたい。それが明日にはもう駄目になってもいいのですよ。またわたしらの後の誰かが、きっと、そういいますよ。またもし、わたしらが力を寄せ合った結果がまずいことになっても、それはいいのです。あなたがたとえレフトの何であろうとも、わたしは平気です。それでわたしの一代がこわれても、やれることをやらねばなりませんよ。

わたしは慶州を愛しています。あなたもそうですね。いつかご一緒にあそこの精神を掘りましょう。わたしは詩を足で書くのです。わたしの詩は難解だといわれます。わたしにはその理由はわかっています。それはわたしの中のにほんのためなのです。朝鮮の心で生かされたにほんがあるためです。そしてそれはわたしの心の中にあるだけで、この地に種子を播いてはいないからですよ。それはとてもむずかしいことですよ。そのむずかしさがはね返って、いっそうわたしの詩を難解にさせますよ。けれどもそんな詩を生ませるもの、これはわたしら民族総体のつよさですよ。わたしの中へ、死なずに伝えられている総体の力です。わたし個人はつまらぬ男ですが、わたしはそれによって生かされますよ。

和江さん、歴史とは正直なものですよ。それは、それを身をもって生きた者の心から次の歴史を生みださせます。ちょうどわたしらが逢わねばならぬ必然を持っていたように。わたしらは力を寄せあうために、傷をうけることには平気でなければなりませんよ」

B氏は大きな体の大きな目をくるくるさせながら、うたうような調子でよどみなく話した。わたしはハングルで書かれた彼の詩集をひらいたり閉じたりして聞いていた。わたしらの仔牛はまだ河を渡っていない、ふたりで何かを生まなければ、仔牛はいつまでも河につかっているだろう。彼は熱心に話した。わたしはわたしの訪韓の心にしまってあるノートを開いたり閉じたりしている。

わたしは彼の大きな目へ何げなく問う。

「朝鮮の総体のこころは想いの国にあるのですか？　韓国の読者層はうすいと聞きましたけど、それはまだ表現を行なっていない層が厚いということになりますね。彼らがことばを手に入れたら、どうなると思われますか？」

「彼らは現実主義者です。しっかり働き、たくさんの子を産み、ぐっすりと眠りますよ。わたしは彼らの子どものために童話を書いていますよ」

わたしは昨夜同じ質問を政府の或る高官にしていた。彼は「彼らが何をどう考えているのかわからないのです、ほんとうの所。日本は幾度も階層の変化にあっていますので、かなり下まで共通した意識が通っていますが。おそろしいです、そのことを考えると……」

といったのだった。

　Ｃ氏が妻をわたしに紹介してくれた。匂うばかりのういういしさのある中年女性であった。わたしが生まれてはじめて見る日本人だと、妻にかわってＣ氏は語った。彼女は上海の臨時政府の要人である父親とともに、上海から重慶へ移り、解放後に帰国していた。

　彼はわたしをかつての万歳事件（一九一九年三月一日、当時の京城において開始された朝鮮独立運動。朝鮮各地で約三カ月にわたって行なわれた。指導層はそののち上海へ亡命、上海臨時政府を樹立させた）の関係者のもとへ案内しながら、

「言論の面で神経質になられることはいりませんよ」

といった。

「あなたが心配されるように、韓国にはまだデモクラシーは育っていません。言論の自由は残念ながら当分無理ですね。社会構造的に無理な面があります。あなた方が日本で行なっておられるような努力を、こちらではクリスチャンが行なうしかない。これから素地づくりの段階です。

　けれども精神は案外と柔軟なものですよ。また体制というものも、決して絶対的なものではありませんでしょう？」

　ソウルの雑沓のなかを歩きながら、朗々とした大声でそういった。それでもその声は人

波にちぎれた。彼は親世代からカトリック信者で日本侵略時代は、その弾圧を受けた。彼が陸軍の幹部候補生の試験場で、天皇よりキリストが絶対者だと主張し体刑を受けたのは、彼個人の力もさることながら、あの新羅王陵の散在する古都に生きつづけた意識が、裏うちされている。彼も新羅建国の始祖の家系の一員であった。わたしが彼をよそながら知ったのは小学校五、六年の頃であるけれども、その凛然とした姿勢にはしぶきが散るような魅力があった。

彼は当時の表情をのりこえたかのような磊落《らいらく》さで、わたしを連れて歩いた。

「いま韓国は、一発何か爆発するものを待つようなふんいきがありますよ」

ことばのわりには表情がにこやかである。彼は世事と一切、手を切って農園を営んでいた。わたしは、彼は学者になる、と思っていたのだが。

「いや、いまの韓国で学問で食べようとすると、身を売るような目に逢います。わたしはそういうことは駄目ですから」

「でも、農園の経営などもそういう面がともないましょう？　韓国の農業について二、三の方の話をうかがいましたけれど、たいそう政治手腕に左右されるようなお話でした」

C氏は答えた。

「わたしにはそういう意図はありません。ただ村の人を大勢かかえていますから、その救済みたいな面とわたしの健康管理みたいなものですね。韓国農業は政治だけでは救えません。農園で農夫らと一緒に働いて、ひとやすみにドブロク一升、ぐうっと飲みあうんです。うまいですよ」

わたしは彼の心情をさぐるように追った。

「いつからそういうことをなさいました？　解放後をどうすごされましたの？」

「動乱のあと東京に情報関係の仕事で住んでいました、日本人として。目黒に」

彼の縁者は現在のベトナム大使である。しかし彼は政治のすべてにかかわりたくない、といった。韓国ではそれは私怨の場でありすぎるからだ、といった。

「ボリュウムのあるもの食いましょう。きょうは民衆のバイタリティをごらんにいれるかな。とにかくまず歩きましょう」

彼はぐんぐん歩いた。汗がふき出た。ここの春の光はもうわたしにはサングラスなしには強すぎる。白茶の砂の坂道を歩き、小石が突き出た裏道のでこぼこを歩き、高速道路の下を歩き、地下道を歩き、アスファルトを歩き、民衆広場を、市場の中を、そして結婚式が十も重なっているようなわめきのただなかへ入っていった。日本の地方都市の温泉センターの混雑を三階建にぎっしりとつめこんだような大衆食堂である。男も女も子どもも、あらん限りの声でしゃべりつつ食べていた。

「いいものでしょう」

彼はゆったりとあぐらをかくと、たのしげにこのわめきを眺めまわした。わたしはウォーカーヒルや半島ホテルやその他の多くに疲れていたので、隣人と背がくっつきそうなこの都市中産階級用の大衆食堂は、朝鮮の気どりも朝鮮の寂寥もなくてくつろげた。きのうは世宗ホテルの特別室で文部大臣夫人らと昼食をとった。朝鮮の伝統的なよそおいが近代化されてほどこされた部屋と料理であったが、そこではにほんの昨今と似た世相がみられたにすぎない。

「和江さん、あなたが生きていくには韓国の歴史をしっかり勉強なさるほかありませんよ。この民族が、自分で自分らを書きとめた書物をたくさんお読みなさい」

C氏はそういい、

「ゆうゆうとしていらっしゃい。ゆったりと、牛のように。いいですね」

といった。

彼は韓国の民間にも浸透している政治的腐敗を具体的に話した。あまりに客観的すぎて、その感情が知りがたく、わたしは折々にとまどった。半島よりも大陸の風貌を感じさせた。どうしようと考えているのだろう。さみしくありませんか、ということばを、わたしはのみこんだ。逢う人ごとに頭脳流出が話題となっていたためでもある。「わたしは普通の韓国人ではありませんよ」或る教授はそう叫んだ。「わたしは世界を知っています。しかし知って何になるんです。話題にすらしえない！」

彼らよりも若い人々はしあわせにみえた。ことに学生は。そしてそのしあわせな側面を多くの人々が心をこめて案内してくれた。わたしにはその度に、夜の宿で叫びをあげた一教授の声がよみがえった。

オモニは背がちいさくなっていた。顔もちいさくなっていた。老けた笑顔が品がよかった。わたしは彼女に背をむけて声をころした。涙が流れた。オモニがわたしの背をみている。わたしは目まいがした。

「泣きたくもあろう。あんたはここの人だもの」

オモニが朝鮮語でいった。みんな鼻をすすった。オモニばかりちいさな体をちょこちょこさせ、わたしを撫でたり、わたしの沓《くつ》をそろえたりした。

板の間の窓は開けられていた。手がとどくところに山肌があり草が生えていた。わたしは窓の前につっ立ってその草にむかったまま、背後に集った人々に挨拶ができない。坐ることもできない。

生まれてはじめて、わたしはわたしを負ってくれたオモニの家へ来ていた。細くしまった笑顔のオモニが有難かった。わたしは寄ってきた彼女の胸の前でハンカチに顔を埋めた。オモニは白い衿の、うす茶のよそゆきのチョゴリを着ていた。いまも静かでおとなしかった。

ようやくわたしは板の間に坐り、みんなへ深く礼をした。オモニの息子がはにかんで、それでもはっきりと「ねえさん」といった、にほん語で。「ネエ」とわたしは韓国ふうに答えて、顔がゆがんだ。

オモニとその夫のSとの間の一粒だねのKである。オモニは夫より年長であった。夫のS氏は医大を卒業してすぐに死んだ。わたしはどういう理由でオモニが若い頃わたしを負い、夫の死後またわたしらの世話をしてくれたのか知らない。ただすべてがそのちいさな顔のまえでかすむのである。

ここは故S氏の村である。十数軒の藁屋根が山裾に茸《きのこ》のようにかたまっている。そのまわりは水少ない田であった。田のなかのうねうねした畦道《あぜみち》を、わたしはオモニの息子のKに連れられて歩いた。互いに微笑し、沈黙がちに歩いた。田のむこうは牛車が通う小石の道。そのむこうは水涸れた川であった。ちいさな村落が川のまたむこうに点在した。

わたしは人々の笑顔に頭をさげて挨拶しながら、しばらく一人にしてほしいと思った。あの一部屋きりの温突《オンドル》の中へ行き、戸を閉めて、額を冷たい石の床につけて泣きたかった。オモニだけ、部屋の隅にいてほしかった。

わたしに思いっきり抱かせてほしかった。誰へも害を及ぼさない虫のように。わたしにその温突のうすくらがりを抱かせてほしかった。オモニは黙認してくれるだろう。わたしが愛してしまったことを。

わたしは、自分が朝鮮へ許しも乞わず、日本を理解しようと努めることもなく、即自的な姿で坐れる所はただあの薄明だけだと、その時もう行きどまりへ来た心でそう思った。わたしはこんなぐあいに創られた存在を許してくれる、ひとすくいの空間へ帰ろうとするかのように、オモニの横ですすりあげた。

けれどもわたしはそこで生活したわけではないのである。ただはるかな記憶のはじまりが、あのうすくらがりであるに過ぎぬ。誰かがわたしを負ったまま、あのくらがりへ出入りしたのかと思う。

それは記憶のせいではない。わたしに、ああここだ、と熱湯が走るように思わせたものは。またオモニの笑顔でもない。ただ彼女がわたしの到着を察して、そのゆがんだ低い戸を内から押して出て来た時、その内部がわたしに告げたのである。

わたしの生誕以前に、そこでわたしは生きた思いがする。いままでの生はそこへ立ち帰るための手続きであったように感じる。でも、それはすぐに閉められて、わたしはその隣べやの板の間に坐らされた。ここは朝鮮の家屋の祭礼の間である。

幼児以来ちらとみるばかりであったあの奥ふかい脈絡を、きょうも横にして、「ねえさん」とさし出したKの手を握っていた。彼はわたしの手をとり、自分を指し、またわたしを指してそう呼びかけた。彼ら一族の者がすすり泣いた。わたしに「嫁《とつ》ぐ」という表現が、ようやく実感を得たように感じとれた。さしのぞくこともかなわず閉ざされたあの部屋を、Kにゆだね、他国へ嫁いだかのわたしは微笑した。Kが手を離して、

「ねえさん、ピョンジヌン　カムサハムニダ」

といった。手紙、ありがとう、と言ったのだ。わたしは彼のことばで、

「いいえ、韓国語、むずかしい。手紙、書く、できない。ごめんなさい」

といった。朝鮮語はむずかしくて上手に書けなくてごめんね、といったつもりであった。Kは、よく書けていた、とにっこりした。

集った人々を彼が紹介した。Kの父親のSは亡くなっているのだが、その弟D氏の姿も、そのさらに弟のE氏の姿もみえなかった。妻たちがそれぞれブルーのチマやオレンジ色のチマを板の間にひろげて挨拶した。彼女らにはそれぞれひとりずつ息子がいた。いずれも二十二、三歳にみえた。

Kは自分のうしろに坐っている妻を紹介した。若い妻はパーマネントを形よくかけた頭をさげた。花模様のチマを着ていた。二人目の子を宿していた。

それからそれぞれの妻の兄や弟たちが紹介された。庭をゆったりと白いひげの老人がやってきた。故S氏つまりオモニの亡夫兄弟の叔父であった。人々は老人へていねいに頭をさげた。それぞれが座に落ちついた時、わたしはKに、

「D氏とE氏とは健康ですか」

とたずねた。Kの父親の弟らがともに姿がみえない。多くの問いがあるのだが、健康かという朝鮮語しか出てこなかった。

「ええ……」

と、みながいいよどんだ。D氏の妻が、

「二人は韓国動乱で、どこかへ見えなくなりました」

と、たどたどしいにほん語でいった。

「えっ」

と、わたしはいい、「どうして。どうしたの」と一同をみまわした。しんとした。このあたりも両軍が数度往来した場である。Eの妻が、「北に、います」と早口でささやいた。

そしてそれから、わたしらは、わたしの乏しい朝鮮語の語彙と、彼や彼女らの乏しい日本語の語彙と、わたしの持っていった朝鮮語の辞典と、身ぶりと勘とでもって、彼らの話を聞きあい教えあった。

——朝鮮解放後、このS氏一族の村里で、日本からの解放直後に彼らはマルキシズム研究会を組織した。やがて北朝鮮軍が南下してきたとき、彼らは戦死したとみせてすばやくソウルへ行った。Dの妻たちはほんとうに戦死したり行方不明になったのだと悲しんでいたが、しばらくして連絡があった。ソウル市の鐘路《ジヨンロ》地区で責任ある仕事をしていた。縁者らはほっとしたが、決して口外することはできない。行方不明でおしとおすことにした。やがてまた連絡があった。もうソウル市にはいない、と。

幾年か不安な日々がすぎた。さぐりをいれることさえ危険な日々であった。そのとき日本のわたしから手紙がとどいた。Dあてであった。一族の心から血の気がひいた。日本からDあてに手紙が来たとは、ここにどんな罠がひそんでいるのだろう。彼らは相談をして、このことを外部に秘めるとともに、わたしへもそれら一切にふれずに、ただオモニと故人のあいだの子どもが立派に成人したことだけを知らせた。

わたしはまたその息子は日本文字が読めぬとおもって、近くの在日朝鮮人の少女にならいならいして、ハングル文字の手紙を書いたのだが、それにも彼の叔父たちにあたるD氏・E氏は健康でいらっしゃいますか、と書くのを忘れなかった。親世代にかわって礼をいいたい思いがあったからである。

わたしの手紙と前後して彼らはD・E兄弟の消息を知ることができた。北朝鮮赤十字社が発表した。どちらも党の或る地位についていた。

わたしは彼ら一族と同じような体験をもった人々に幾人も出逢った。また北から男装してのがれ帰ってきた女たちにも。そして或る農夫のことばがよみがえった。

「北も南も同じこと。いま政府の役人しとる者をみんな海にたたきこまんと、朝鮮はどうにもならんよ」

彼は、日本語でそういったのである。

追記　発表当時、韓国内の事情を考慮し、人名をすべて仮名とした。あれから半世紀がすぎた。故人となられた方もふくまれる。今は仮名も実名もしのびなくて、今日までつづいてきたご厚情に深謝しつつ、以上のごとく改めた。

土塀

韓国に行って多くの人々に逢った。そして最後に誰にも告げずに、とある村をたずねた。その話からはじめよう。

私はそこを訪れることを韓国の友人や知人に知らせなかった。知らせることをはばからねばならぬような雰囲気があった。そこは水さえ乏しい谷間の農村である。卒直に韓国の実情を語ってくれた友人は、農業対策の決定的なおくれに対してその行政的な欠陥をあげつらうことは自由だが、その思想的な欠陥にふれることはわれわれはタブーであるといった。それは貧農問題を階級の問題としてとらえることは今日の韓国では危険思想となっている、ということにとどまるのか、それとも、それ以上の何かが秘められているのか、私にはわからなかった。ともあれ近代的な首都で今日の韓国の指導的地位についていた友人らは、都市生活の諸問題は説明ぬきで他国人の目にふれさせてもさして誤解されるおそれはないけれども、三百年から五百年間同族部落をつづけているところでの問題はとても伝達しえるものではない、という表現をしてしまうのだった。私もそれを押して入りたがるのは非礼だと思えた。一人の友人は次のようにもいった。

「あなたがもう少しお齢をとり、数カ月間とまってくださることができるとき御案内しましょう。まずい食物と国をあげても救われぬ貧困をともに体験しながら、韓国の実状と真髄を感じとってほしい。ぼくは先日、自分の農園に行ってきました。田舎に行った日は、ぼくも農夫らと一緒に一日中働くのです。午前に一回午後に一回、一人一升のドブ酒をぎゅうっと飲みほして一休みします。

ちょうど一応春の仕事が終ったので、村の女たちは、女だけの野遊びに出ました。ぼくは男で参加する資格がないけれど、写真をとってくれ、というので例外として一緒に出かけました。ひどい遊び方をしますよ、女たちは。ドブ酒につけもの、さかな等を用意して山に行って大声で唄いつつ踊ります。それはそれはたいへんなきえんのあげ方です。そこには祖先から受けついでいるものがいきいきと流れているのです。うんと飲み、うんと食べ、うんと騒いで、そして家に帰って丈夫な子を生むんです。この次にはぜひともそこに御招待します」

私は、私個人の経験の集積ではおよそ目にとめえないものがあるといわれ、また数日間の旅ではかえって理解のさまたげとなるといわれているのを知った。私は「農村を歩くのはこの次にします」といい、他の都市へ汽車でむかった。ホームで彼らと手をふって別れた。一人ぼっちでなまな韓国にふれたかったから、無理をいって一人にさせてもらった。そしてやはり途中で汽車を降りて、その寒村へむかったのである。理解したいからではない。逢いたい人がいたからである。待たれていることがわかっていたからである。

私は韓国の農村へ入ったのではない。農婦の一人に逢いに行ったのである。

そこではほとんど無言劇であった。日本語をどうやら話せる者は一人二人しかいない。私の即席の韓国語は役だつとも思えない。それでも私の心はようやく井戸の底にとどいたつるべのように安堵し、板ばりにつっ立ち、人々に背をむけ、窓にせまった山肌をみながら、目がくらんでいくように感じていた。嗚咽がおさまるまで、たった二間きりの農家の中で人々に背をむけていた。泣かぬのは、私が逢いたがっていたオモニだけだった。さもさもうれしげに一時もじっとしておれずに、そのちいさな体をうごかして食べものをこしらえていた。笑いがこぼれるようにしていた。「泣きたくもあろう、あんたはここの人だもの」と韓国語でいった。村は親類関係でおおかたしめられていたので、次から次に農民たちがやってきて「よくきなさった」といった。

私はこのオモニの村を、生まれてはじめてたずねたのである。朝鮮で生まれ育ちながら、朝鮮人だけの村にひとりで行ったのは、これがはじめてであった。村の外側を歩いたことはある。いや車で通ったことはある。この村は私の父が折々たずねていたところであり、年配の人は父をよく知っているようであった。ここは亡父が非常に愛した青年が生まれたところなのだ。

からからにかわいた川床と平行に白っぽい車道が走っている。車道にそって麦畑がある。その麦畑と車道と川を両側から藍色の山がはさんでいる。山は地はだと丈低い木立とがいり交って藍色にみえてしまうのだが、その山の麓に数十軒の家がかたまっていた。

家は低く、土でかためてある。一部屋の温突《オンドル》と一部屋の板ばり。そのかたわらに土でこねたくどがある。これが一軒の家だ。その家を土と小石をつきまぜた塀がとりまいている。となりの塀との間は、傘をひろげては歩けぬほどの小道である。小道は迷路のように家から家へと曲りくねっている。

オモニの家のつるつる光っている庭土のすみっこに、たった一本しゃくやくがあり花を一つ咲かせていた。反対側に裸の木が一本。それに小犬がつながれていた。小犬は白く、かつての朝鮮犬ではなかった。日本でもよくみかけるスピッツの雑犬であった。

私は父が愛した青年の墓に参った。山をよじのぼりながら幾度も草にとりすがったが、その墓は高いところにある土まんじゅうで、川をへだててむこう側の山とむきあっていた。川下のはるかとおく、かすみの底に市街がみえた。私はこの墓にぬかずきながら、亡父に逢っていたのである。父は何をし、何をなさなかったろう。私はまるで親の罰をしょっているように、あたかも父のまなざしでこの山と川と遠い市街とをみているのである。私は父を裁く生涯を送ることはできないであろう、とちらと思う。それほど私は朝鮮を知ってはいないのである。植民地での教育者であった父を、敗戦ののちに私が裁く方法は、朝鮮に対する父の愛情がいかに朝鮮人個人の生涯をゆがませたかをみて歩くことからはじまる。

この墓にねむる青年もその一人である。そしてその青年から愛されることのなかった年上の妻（当時の習俗として幼年期に婚約した）、つまり私が逢いに来たオモニもその一人である。また墓にねむる青年Sの兄弟たちもそうだ。

とはいうものの、彼らは父との出逢いがなくともそのような人生を送ったろう。父は植民地政策下の日本の庶民にすぎないのだから。しかし私には、支配権力の植民地主義の罪業と同様に、日本人庶民の生活意識の罪がこころにかかる。生活の場での異民族との交流がどのような原則のうえで行なわれたか、それは日本在住の民衆の意識の何とどう関連しているのか、その民衆の意識と支配権力の支配の原理とはどういう補足関係にあるか。そこまでみきわめねば、日本のアジア侵略の悪（それをひき起した日本の民族的特性、その内的必然性）を越える思想は、日本民衆の生活意識のなかには生まれないのだ。だから私は誠実で浪漫的な情熱家にすぎなかった父の人生でさえ、心にかかる。それが謎ときのようにとけないならば、私の朝鮮への関心も単純な自己拡張の感覚に終ってしまう……

そんなことを考えながら、墓のまえに立っていたのである。「ねえさん」といいながら一人の青年がとおくを指さして説明する。彼はこの墓にねむるSの一人息子なのである。彼はねえさんという日本語しかしらない。

青年Sは、私が六つ七つの頃病没した。私はSの美青年ぶりを記憶している。彼の才と人格を惜しんで父が嘆いた。Sは当時の京城医専を卒業して某市の総合病院に就職し、まもなくチフスで亡くなったのであった。あの頃はチフスなどで命をおとす者が多かった。私の大好きだった担任教師もチフスで死亡した。

一人息子のKは父の顔をしらない。私がKに「あなたより美男子だった」というと、にっこりした。誰でもそういう、といった。Kの母、そして私のオモニは、Kに学問をさせることをおそれた。スポーツをさせることをもおそれた。夫であるSが学問とスポーツ（バスケットの選手であった）にすぐれていたから、若くして死神に召されたのだと思っているのである。オモニはおとなしくいつもにこにことしているやさしい女である。

オモニということばは、おかあさんという朝鮮語だ。朝鮮の子供らは「オモニ！」と呼ぶ。幼ない子は「オンマア！」という。よいひびきをもつ語である。朝鮮にいた日本人らはその家庭で家事をしてくれる手伝いの朝鮮女性をオモニとよんだ。手伝いの少女は日本ふうにネエヤといった。オモニやネエヤは私の育つあいだ私の身近でふれることのできるふんわりと大きな座ぶとんのようなものだった。その中で私らは味噌汁を吸い、朝鮮ふうのつけものを食べ、朝鮮ふうにつくろってもらった衣服をつけて学校へ通ったのである。私には母の背におぶわれた記憶は残っていないけれども、オモニの背中のぬくもりと髪の毛が頬や唇にあたっていた記憶は残っている。また母が縫ってくれた衣服の思い出とオモニが破れたところの表にべったりと四角な布をあててつくろってくれていた服やくつしたの記憶がある。昔話は両者が混合していて、どこまでがどちらであるか、もはやわからない。わけても日常目にふれる風物が朝鮮の山河であるから、詩情はおのずから朝鮮の風土によって養われる。だからオモニという呼び名は、他に替えようがないのである。

しかし在鮮日本人であった者のなかには、オモニということばを一種の蔑称として使っていた者もいたことを最近になって知った。幼時の友人に三十数年ぶりに数日まえ逢った。彼は次のようにいった。「朝鮮人が自分たちだけで国を作って何かやってるなんて、どうしても考えられないよ。オモニやヨボに政治とか文化とかがやれるのかなあ。どう考えても馬鹿の集まりとしか思えんなあ」

彼は軍人の息子だった。私は幼時の仲良しがそんなことを言うのをぼうぜんと聞きながら、亡父に感謝した。おそらくあの父の朝鮮人青少年へのひたむきさが、私にオモニということばを生きたまま与えたのだろう。

オモニの家の板ばりの間は、庭にむいたほうには板戸も障子も壁もなく、一種の広縁の感じであり、その右手が温突《オンドル》、左手が押入れ、そして正面に低くちいさな開き窓がつくられていた。その紙張りの窓を開くと裏山がつい目の前に迫っているのである。この板ばりの間は朝鮮家屋の格式ある家庭にもあって、祭礼の間となっているのだ。オモニの家は農家なのでただ形態だけがどうやら残っているのである。その板ばりの間で村の女たちが作ってくれたごちそうをいただいた。オモニの一人息子のKとオモニの夫の姉とオモニの夫のいとこたちと。そしてそのいとこたちの老父やいとこたちの息子らと。そして他の女たち。

つまりK青年の父親の弟たちは誰一人いなかった。そのいない者らの妻たちがそっと涙をおさえながら息子を紹介した。みな二十歳前後のすらりと背の高い頬のあかい行儀正しい青年だった。私は日本でつきあっている高校卒の工員たちを思いうかべた。問うてみると、やはり農業をしないでそれぞれ都市で工員や技師となっていた。彼らもその父親の顔を覚えていないといった。

Kのいとこの一人が（もう五十七、八歳で或る会社の経理をしていた）そこに集まっている若者とその母たちにかわって、私に頼みがあるといった。日本は北朝鮮とも何らかの方法で連絡がとれるということなので、この子たちの父親の消息をさぐってみてはくれまいか、というのである。

私は日本を発つ数カ月前、オモニの夫の村へ手紙を送っていた。オモニの亡夫Sの弟あてに。それもうろおぼえの地名でもって。やがて見知らぬ名で返事が届いた。その返事はSの弟について全くふれてなかった。ただSの息子が成人したことが書かれていた。筆書きの達者な日本文であった。

私はSの息子のKへ直接便りを書いた。苦心して幾日もかかって朝鮮の文字を綴った。辞書と文法書とをくびっぴきで。なおわからぬところは近くに住む在日朝鮮人中高等学校へ通っている少女に習いながら。ようやく書けた手紙の返事によると、Sの弟たちは韓国動乱で行方不明になったと書きそえてあった。私はひとつの世代が終った思いがした。父の精神が愛撫した空間は、その時間と共に終ったのだ。Kへ詫びともつかぬ便りを書きながら、動乱の引き金となった侵略のふかさを思わずにおれなかった。朝鮮動乱は日本の侵略の結果である、と私など彼の地で生誕した者は直接胸につきささってくる。もし日本の侵略がなかったなら南北のたたかいは起らなかったろう。いや中ソと米国とが朝鮮民衆をつかってたたかいあうことは。日本の侵略の置土産がSの兄弟たちを戦いにまきこんでしまったのだ。彼らの村ちかくにあった大きな池にも死骸がうかんだろう。あの池の柳はスケート靴でうまく立てずに私がつかまった柳だけれども、それはどっと山くずれにおそわれたような暗さと混乱とにおおわれて、もう私にはあの柳として目にうかべることはできなかった。

Sの弟はまことに義理がたい人であった。Sの死後も折々にたずねてくれた。初なりの畠のものをとどけてくれた。亡兄が敬愛していた教師であったというだけで。父は彼らの村をおとずれSの墓の塵をはらうことを、そのあたりの河水が満ちるころ、その風景をたのしむためのように私に語りつつ、毎年出かけた。私は父の朝鮮人観の正体がどういうものであったかを、この弟からも感じとりたいと思っていたのである。

Sのいとこは言った。「実は彼たちは解放のすぐあと、この村でマルキシズム研究会を作っていまして、韓国動乱のとき、つぎつぎに北へ行きました。あなたからSの弟宛に手紙がとどいたとき、私たちは非常に驚き、そして、おそれました。日本から彼宛に手紙が来た。ここにどんなワナがひそんでいるのか、私たちはひそかに話しあい、決してこのことを他人に知られないように気をつけるよう、皆にいいふくめました。

今はいくらか落ちついていますが、私たち一族に対するしらべはきびしくて、何がどういうわざわいを作るかわかりません。それでなくとも、韓国の政治は感情と血族関係とがはばをきかしていて、正当な論理によって行なわれはしませんから。

そんなわけで手紙では真実をお伝えできませんでしたことをおわびします。彼らはこの村をぬけてソウルへ行き、S区責任者となっていましたが、北へ密行しました。その後、北朝鮮赤十字社の発表があって、彼らの消息がわかりました。どちらもかなり仕事がやれる位置についていました。

私たちはなんとか連絡がとれないものかと思います。せめてこの妻や子供が肉親として手紙のやりとりぐらい……とふびんになります。けれど口に出すことはできません。そこで日本は北へも連絡がとれると聞いていますので、二人にこの子らが元気でいることを知らせてやってはいただけますまいか。彼らの北での役職は……」

と彼はなお声をひくめ、掌に書いてみせた。私はそれをノートし、「むずかしいことだというよりも、日本は韓国と政治的地つづきのようなものですから、私のいたらぬ動きがあなた方に及ばない保障はありません。ですから結果を急がないで」といいつつ、「お一人がこれでその弟さんがこれですね」と念をおした。もちろん声には出さず、ノートの文字をたどったのである。

彼はうなずいて「その文字が……」といった。私はもう記憶できましたので、といってそれを引き裂いて彼へ渡した。彼は細く裂き、火をつけ、涙をふいた。二人の妻が四十歳ほどの顔をさみしげにほほえませた。

庭をゆっくりと白い服の老人がやってきた。男たちもみなていねいに手をついて一礼した。老人は、よく来てくださった、と韓国語でいった。私の父です、とそのいとこがいい、父へ同じように一礼して、わざわざありがとうございますといっていた。

食事が終りにちかづいた。どの人もほんとうにまあよく来てくださって、とつぶやいては目をおさえた。オモニばかりいつまでも押さえようのないうれしさに顔をかがやかせていた。私の体をそっとなで、笑っているばかりで、食事はしなかった。おかあさんも食べなさい、と人々はすすめた。彼女は笑い顔でまた立ち、写真集をもってきて、夫と私の父が写っているのをみせた。いい先生で私にまでやさしかった、と韓国語でいった。日本語が口に出ないよ、と笑った。私は夫に愛されることのなかったさみしい妻が、そのころ、どんな思いでいたかが、この写真集で知れる気がした。青年Sは、私の記憶よりもりりしくみえた。また豪放にみえた。酒宴のもとでは、彼も父もまるで苦労のかげさえない書生であった。ロマンチックな、いや理想家肌で、どこやら血気にもえ、凛としたまなざしが美しかった。昭和八、九年ごろ、祖国をうばわれていた青年がこんなに昂然と生きていたろうか、とふと思った。

Sのいとこが横からのぞいていたが、「私ら一族はこの村で代々儒学を教えていたのです。Sは特別すぐれていましたから、みんなで京城医専へ行くようすすめて学費を出してやったのですが……」といった。「森崎先生もぜひそうするようにと、ここまで来てSにすすめてくださいました。Sは先生のことばは素直に聞いていましたので」

私がこんなに昂然と……と思ったのは、父がつとめていた大邱の高等普通学校（朝鮮人の中等学校で五年制）でも、朝鮮独立運動が陰に陽に不断に行なわれていた。子供の私は、それを特別のことと思う力はなく、自由を求めることの困難さが父の身辺にただよっていたのを知っているだけである。私の記憶にあるS青年も、父とよくそれらしい話を奥の座敷でしていたのだ。父たちは折々に声を高め、激したやりとりを行ない、おどろいている私たちにけろりとした笑顔を二人ともみせた。

父は私に「朝鮮人はすぐれた人々だ。もし軽んずるようなこころがおこったら恥じよ」といっていたが、子供の私にはことさら軽んずるようなことは何もなかった。それよりも朝鮮人シナ人などと特別に意識せずとも、生活圏がちがうという決定的な感情で暮らしていたのだ。

そんな私の幼時の記憶には、朝鮮人学生が暴動をおこしたり、日本人教師を袋だたきにしたり、運動会を機会に反日を叫んだり、という時の両親の会話がのこっているのである。或る夜、目がさめてみると、母が泣きながら父をとめていた。「行かないで」といっているのである。私は父が母へむかって荒らいことばを使ったのを覚えているのは、このときだけである。父は出て行った。私はすぐ眠ってしまった。学校でさわぎがおこっていたのだ。あぶないから行かないで、と泣いていた母を今思うと妙な気がする。まだ二十代だったからやむをえないのかとも思うけれど、それよりも朝鮮人学生の動きがどんなに活潑で真剣であったかがわかるのである。恥も外聞もなく夫を引きとめておきたかったのか、たのもしいと思うほどなまやさしいものではなかったのだろう。日本が国際連盟を脱退した年であった。そしてその頃S青年は病没した。

北朝鮮へ行った二人が村に残した妻たちはほんとうにわびしげな表情をしていた。私はソウル市でも他の町でも同じ境遇の妻たちに逢った。ソウルでは一晩語りあかした。こうしていると訪韓で心にふかく残っている顔は、それら妻たちの顔であるとしみじみと思う。魂がぬかれた顔である。夫は確実に生きて、何をして暮らしているのかもわかっていて、追いすがることも出来なければ別の人生を歩くことも出来ないまま歳月ばかりがむなしく流れた顔である。

この村の妻たちは農婦であるから誰も陽にやけて胸が厚い。ソウルの妻は、これまた私が少女の頃知っていた両班《ヤンバン》（文官・武官の総称）家庭の嫁であって、高麗大学の教授であり、今日の韓国詩人協会会長趙芝薫《チョジフン》氏の妹で洗練された女性である。彼女のことはのちにふれたいと思っているけれども、その対蹠的な女たちがなんと似かよった深い悲痛な目をしていたことか。実世界にふれることのない陰画の世界の使者たちをみているように、私の心を寒くした。

それは他人の精神が照らしている空間に住むべき昆虫が、その住み家を失って次第に視力をおとろえさせ、遂に眼窩《がんか》を閉ざしたかにみえた。彼女らに比して私のオモニは小さな灯であった。ともかく生きて動いていた。他人のおもわくをおもんばかるなど自分には分にすぎたことだというように、ただ目の前にある物質へたえまなく労力をそそいで生きてきた姿をしていた。彼女はしあわせそうであった。愛されることはなかったけれども愛するものをもっていたから。なぜあのように働きつづけるのだろうと思うほどである。それでも彼女の一人息子は彼女の願いどおりに、つつましく成人し、結婚をし、工場労働者としていい給料をとり、少女を家事手伝いに住みこませ、愛らしいマイ・ホームを建てていた。川下のはるか彼方にけむってみえた市街地に、ちょうど日本の分譲住宅のような家を建てていたのだ。オモニはその家とこの村の家とを行き来していた。そして、村の家はこの一族の集会所として使うことに決定したといった。若い者たちは種子が吹きとぶように村の外へと流れていくのだ。どこの村でもそうだ、と聞いた。

二十八、九にみえる元気のよさそうな女が、にこにこしながら早口でまくし立てた。このタイプは朝鮮人民衆のもっとも一般的な型である。現実的で自己主張をためらわず、声高で愛想がよく、また腹を立てやすい。彼女の義兄が東京杉並区にいて新聞販売店をしていたのに、ここ数年ぱったりと音沙汰がない。義兄の女房は日本人なので、私たちとの関係がわかればまずいと思い出したのだろう。義兄の弟、つまり自分の夫が死んだ報せにも返事がない。住所はここで本人たち家族はこれだ、と写真をみせた。そして、娘と二人で私が編物をしながら暮らしていてさみしいので手紙をよこしてくれるよう頼んでほしい、というのだった。目がくりくりとして現代的な女である。オモニたち一族と何らかの関係にあると説明してくれた。が、よく理解できなかった。

私は杉並区大宮前六の三一九、毎日新聞西荻窪店と書きつけた。私とその女のやりとりを、日本語を思い出しつつとりなしてくれていた出郷者の妻は、「日本人の奥さんがいて日本で暮らすのなら、もう今ごろは日本人になっているのでしょう。しかたがないですよ。金嬉老のことだってあるし……」といった。みなが「ああ、金嬉老」といってうなずいた。Kの妻が押入れから婦人雑誌を出して、「ここに出ています」と示した。〝朝鮮人差別とたたかう金嬉老〟と韓国語で書かれて写真が出ていた。「日本では朝鮮人はやっぱり暮らしにくいのでしょう?」と誰かが朝鮮語でいった。私は、暮らしにくい、何の補償も政府は行なわないので。また日本人も朝鮮人のことまで考えられないというような生活をしているので、いろいろと困難が多い。それに北朝鮮系と韓国系とに在日朝鮮人がわかれているので、お互いに腹を割ってつきあえないと在日朝鮮人はいっていて、私たちも日頃のおつきあいがむずかしい、といった。女たちはほっと息をついてだまった。一人が「韓国でも腹を割ってつきあえないんですよ」といった。「私は日本人のあなたのほうに、よけい本心が話せます」とほほえんだ。直接に害がない、ということなのだ。

夜オモニの息子の家へ行った。住宅地である。ここもやはり二人並んでは歩けぬ路地が家々の間につづいている。塀がブロックでたかだかと頭を越す。鉄の門をあけて中庭に入る。中庭のまわりにコの字型の住いがある。ラデン細工をほどこしたりっぱな洋服ダンスや鏡台がおいてある。「ねえさん、ぼくをどうぞ弟と思ってください」とKがいってビールをついだ。私はうまく韓国語で答えられない。オモニが「私の生涯のなかでこんなにうれしかったことはない」といった。「夫のおかげをこの年になって受けようとは」ともいった。Kの妻も日本語が話せない。この若夫婦は小学校低学年のとき解放されていた。むこうのへやでKの子供が子守り女にねかされていた。私たちは単語と身ぶりで話した。

子守りは中流以上になればあらかた住みこんでいる。農家の娘である。月千円から二千円の給料である。給料が低い娘の場合は、やとい主が嫁入りのしたくから費用までみてやって、その家から嫁に出すのだ。Kの若さで工場労働者で家事手伝いを置いているほど、韓国は女たちの職が少ない。Kの勤め先は現在の韓国では一流の繊維会社である。整った工場で働く人々は落着いた表情をしていた。桜草が咲ききそっている花壇と噴水が美しかった。オモニは私と一緒にはじめて息子の職場をみてまことに安堵していた。

あの村の畠や田は、あの土地に残った女たちで耕やされているようであった。夫が帰るあてのない妻たちが中心となっているのだ。あるいは寡婦や、サラリーマンとなった夫を送り出した女たちが。そして町へ出ても職のない男たちが帰ってくる。

翌日、Kの若い妻や北朝鮮へ行った者の妻など五、六人で市街へ出た。料亭へ行って食事をした。温突《オンドル》の部屋に料理が運びこまれ、戸がとざされて私たちだけになると、たいそうにぎやかな食事になった。あのさみしげであった二人の妻が時たま日本語を話し、誰も大きな声で熱心に話をした。私にわからせようと懸命に話をする。お互いはその名で呼びあう。呼びすてである。

このような会食を彼女らは時折するのだといった。おどろくばかりの健啖ぶりである。私が雀くらいしか食べないといって、みながよそってくれては食べろという。私は閉口して唄をうたった。朝鮮の童謡と流行歌である。誰かが日本語の唄をうたった。意味はしらないといった。

これらSの村へ嫁に来た女たちはみな親しげで遠慮がなかった。そしてみなそれぞれ姓が異なっていた。「日本の女はおかしいよ、結婚して夫の姓にかわるなんて真実味がない」といった。私はソウルでの会食を思い出した。それはこの村の女たちの会食とうってかわって風格があった。ふくよかで知的であった。それは今日の韓国の第一級の女性たちであると思われたが、或る日、昼食に招いてくださったのだ。

現文部大臣のおねえさんで韓国母の会会長の文南植《ムンナンシク》先生、万歳事件《ファンシンドク》（朝鮮独立運動）のとき東京の女子大生で投獄された体験をおもちの女性教育の先駆者黄信徳先生、詩人で女子中学や世宗ホテルなどを経営していらっしゃる崔玉子《チェオクジャ》先生、女性問題研究所理事の鮮于信《ソンウジン》永《ヨン》先生、同じく李姫鎬《イヒホ》先生などが世宗ホテルの特別室に招いてくださった。その席上で、やはり日本女性の意識のなかでもっとも理解しがたい点として、女たちの自己認識が追従的でとらえがたく感じられることだといわれたのである。その例として姓が結婚と同時にかわっても苦痛を感じないかにみえる、とおっしゃった。「人間の個別的な本質は結婚しようと変るものではありませんでしょう?　自分の象徴である姓名を、なぜ結婚のような日常性で変化させて平気なのですか?」ともおっしゃって、みなさんでうなずきあわれた。

私はソウルでの会話を思い出して愉快であった。あの席での話は、みなさんがそれぞれ近代的思考を身につけていらして、奈良女高師とか日本女子大とか東京女子医専とか、またそののちアメリカとかフランスとかに留学していらしたので、その発想に朝鮮の固有性と近代的自我の直結が感じられて一種の合理性を感じとったのだ。一方、この村の女たちのおしゃべりはもっと朝鮮の土を匂わせた。そしてそのおかげでソウルでの話も朝鮮民族らしい根の深さへつながるものとして思いかえされたのである。

姓を異にする女たちが共通の村で共同の経済的関係をもち、夫の祖を一つにする同族として祭礼や日常の暮らしをいとなんでいる姿はなんとも壮観な感じがした。桑畑を侵蝕する蚕《かいこ》のようにSの村はこの異姓の女らに実体を食いつくされているかのようである。出郷者の妻は甥にあたるKを電話口に呼び出して、何かしきりと命じていた。どうやら私への記念品の変更を命じているのである。私はあわてて制したが聞き入れない。Kが「ねえさん」に一生弟として心をかよわせる証を賜《おく》らせようとしている。

私はわずかなおつきあいの中で、この小集落が、男たちは儒学だとか医学だとかマルクスだとかと知的な領域にかかわり、本来よそのものである女たちは男たちとの共同の領域をもつことよりも、自己の本体を守護し主張することに賭けていて、夫の在不在にかかわらず土との直接性を一義として生活しているのを感じとったのである。

私は「日本の女たちは姓が変ることを心からよろこんでいるわけでもないらしいのよ。たいてい結婚した女は、夫やその一族と一緒の墓に入るのがいやでたまらない、と女ばかりのときに嘆息ついていうのだもの」といった。すると彼女らは、それが伝統的な正しい坐り方の、立てひざついて食べている体をのけぞらせて、墓が一緒なんて！ と、さも不潔という表情をした。私は「山にあんなにたくさんお墓があって名前も書いてなくて、なぜどれが誰の墓だとわかるの」といって、また笑われた。そんなこと、すぐわかるという。土を盛っただけの芝生の墓である。彼女たちのその生の自然さと、山河の自然とはどこか根本で通いあっているようで、私は自分の自然との不自然な対応のつかれが彼女たちによって慰められている気がした。どうかこの彼女らの精神の状態がつづいていきますようにと思う。

余談めくが韓国政界の田畠づくりに対する熱のこもらぬ姿勢は、女たちと実働との関係に比して、男たちが政談学談等々おしゃべり空論を好むところにもありはしないか。というのも韓国の両班《ヤンバン》階級の高潔さは、時勢に妥協せず虚業一本で生きるをもって最高としてきたからである。実業（それは政経をふくめて）に関連するのは、品骨いやしいという。虚業で権力を握るのだ。

農婦には農婦固有の品骨の価値観があるのだろう。私は或るときソウルのホテルで韓国の高級官僚の一人と私的に話しあったとき、「いま全く手つかずでいる農民の固有な思考が表現され出すとしたら?」と問うた。「そこですよ」と若い官僚は言った。「私個人としてはそれがどんなものであるか十分にわかるので、ひそかに期待するものがあるのだけれど、しかし韓国としてはそれを最も警戒してますよ」といった。「どんな形にせよそこにふれるのは自分の首をしめるようなもんですからね。しかし見えるものから思考をずらすことはやりたくないし、やむをえず私はいま未来学に逃げてます」といった。或る文学者は「象徴詩の時代です」といった。それでもそれらの人々はみな地方両班出身である。なおその階層に伝統的な家がらの高低が附属していて、それらのいいつたえでもっていうなら、さして品骨たかい格ではない人々なのだ。けれどもSの村の人々が声をひくめて、あの人ら支配層さ……という時には、その中にもとより含められるのである。

会食はテーブルいっぱいに並んでいる皿のすべてにまだこんもりと料理を残したまま、女たちを満腹させて終った。私たちは映画をみに出かけた。「白夜」であった。韓国一の二枚目とかの申星一《シンソンイル》と、松原智恵子に似た金貞姫《キムジョンヒ》のメロドラマである。ソウルにあるウォーカーヒルのボーリング場などが出たり、外車で恋のみちゆきがつづいたりするのを、観客はカリカリとチューインガムをかみながらみていた。何の音かと思った。そらまめを煎るような噛むような音があまり激しかったので。たずねると「チューインガムをかんでるのでしょ」といった。壮烈な音だった。

駅で私はオモニに元気でいてくれるように頼んで、小遣い銭を反対に握らせられた。おべんとうを食べなさい、といった。ちいさなやさしいオモニである。オモニは、日本人の苦痛とは縁のない木彫りの人形のように思えた。きっとオモニは私の身勝手な素通りさえ、旱魃《かんばつ》の空と同じにゆるすのだろう。ゆるされるということほど、あそこで育った日本人につらい裁きはないのである。私はきっとまた彼女をたずねずにはおれないだろう。Kが「ねえさん」と私の手をとり、オモニに似たはにかみがちな顔で何度もうなずいた。

ちいさないわし

あの時私を保護してくださったのはどなたなのだろうと、時折ふりかえる。福岡の町は焼けくずれて、電線が地面を這っていた。空襲のあと何日ほど経っていたのか、まるで記憶がない。私は帰省のための船のキップをいただいていた。誰かのおめかけさんであった。私に釜山《プサン》までの連絡船のキップをくださったのは。

どのようなきっかけでそうなったのか、すこしも思い出せない。私は親もとへ帰ろうとしていた。つじつまのあわないスチール写真をみているように、敗戦の前後はいくつもの映像が動かないまま重なっている。

私の父たちは、その頃日本が植民地にしていた朝鮮にいて、私はそこへもう帰ろうとしていた。帰れば安心だというわけでもなかった。学校も焼け、寮にも焼夷弾が落ちて、寮は焼けずにすんだけれども、干していたモンペと上衣がなくなっていた。私はここにいなければならない理由がみつからぬまま、福岡を去ろうとしていたようである。

私は十八だった。帰省しても同級生の男の子たちは、みな自分が居るべき場所を見定めて生きているだろう。私は心の張りがすこしずつくずれていく。

銃を持つかわりに勉強をしようなどと思って福岡へ来たわけでもないけれど、特攻隊などとあのせっぱつまった雰囲気のなかで、ひとりの女の子が、女のままおとなになっていくいきかたは、やはり、つらかった。いや、ことさら女の子を意識するわけではないのに、何か肝腎なことが私をすどおりしていってしまう。仲のよかった男の子たちが、みんな、銃へ向って誇らしげに成長していく。私もただ、子どもからおとなへと、誇らしく育っていきたいと思っているだけなのだが……。

おそらくこうしたつまらぬことをウジウジと思いつめるので、文科なんぞというしろものは、無用の長物だったのであろう。私が受験のために玄界灘をわたってきた福岡女専には文科はなくなっていたし、教室がわりに行かせられる麦刈りでいっしょになる男の子は、みな文科の学生であった。

農家に配置されて、仕事あがりに濁酒をすすめられたあげく、銃に身を託すよろこびが湧かぬ男は男でないかのように、へべれけになって学生のひとりがすすり泣いた。全身火のような侮蔑をにじませて、「おまえらにわかるか！」と、こちらへ涙と怒りを吐きちらした。銃とおれとの関係、が、彼らにはおとなになるための、逃げ道のない試験台であるようであった。

私にはなんにもなかった。銃のほかにあの当時何があったろう。……私は連絡船が敵機にしずめられて、乗船できぬまま下関から焼けあとの寮に引きかえした。内地に留学に来て数カ月目である。

敗戦は私によろこびをくれた。説明しにくい感動であった。それは凍った海原の底で、金魚がうろこの色づくのを信じながらひそんでいるような、そんな奇妙なよろこびであった。自分にすこしばかり信頼をもつことができたかのような心持ちで、銃を持たないはずかしさから立ち直った。自分らしくあることを肯定して生きられる、ほっとした思いであった。

しあわせであった。人生だとか自己だとか、女だとか男だとかと、要するにやっと人間について思い悩む年頃に、大日本帝国が敗北してしまったことは。私自身はすこしもその敗北に手を貸さなかったが、それからは、人並に、生まれてきてよかったなあと思い思い生きだした。どう生きるかを、自分勝手に思い悩めるたのしさは、たとえ粥《かゆ》さえ不足がちであろうとも、私にはこのうえもなく、貴重に思えた。

こんなぐあいに万事が夢のような私を、或る日父がリヤカーに乗せて曳いてくれた。闇市なんぞに目もくれず、「よかったなあ、和江、よかったなあ」と、父は駈けながらおおきな声をだした。実は私は敗戦前後に高熱で倒れていて、父たちが引揚げてきた時には、病人になっていた。気持ばかりが、敗北したあとの風土をかけまわっていたのである。

父が嬉々として瓦礫の街を走っているのは、私の高熱は結核のせいではなくて、ほんのかぜひきだと、保健所が言ったためであった。私は、どこか近づきがたさの残っていた父に毛布でくるんでもらったまま、娘を曳くことだけがかすかな救いであるかのような父に、心で泣いた。父は崩れ去った人生の空洞のなかを、駈けているようであった。

どう生きるか、を、私たちは話したりした。私にとって青空のようにきらめいているその架空の宝ものを、かつて、学生の頃、父もみていたといった。マルクスの話などもしてくれた。それから、父は闇市へ行き、病人なのにしあわせな目つきで混乱のなかへ出かけたがっている娘へ、ちいさないわしを探しだしてかえってきた。

詩を書きはじめた頃

詩を書きはじめたのは子どものころなので、それはかつての植民地でのことになる。幼少年期にはだれでも、いくつかの詩や絵を書いていることだろう。この世がまだものめずらしくて、経験することは新鮮な驚きとなって心にとどく。感動をことばや形にあらわすことにためらいがない。

私の詩もそのようにしてはじまった。家の近くの土手に腰をおろし、手にたずさえていた紙にスケッチをしたり、文字を書きつけたりしていた時の、柔らかな草の感触がよみがえる。あるいは湯あがりの淡いシャボンの香が心をよぎる。宵闇の色が浮かぶ。いずれも何かしら詩の断片の如きものを書きとめた時の名残りである。少女雑誌にペンネームで投稿しはじめたのは十二、三歳のころである。どのような作品になっていたのか思い出せない。

ごく幼いころの住いは日本人ばかりの、それも陸軍の聯隊長や将校だけが住んでいる丘の上に、数軒の民間人として加わっていた。裏の林のむこうへ下った所には、朝鮮人の町があるようであったが、行ったことはなかった。しかし、いつでも、自分のくらしのまわりには自分とは生活様式を異にする人びとが、それぞれ家族とともに生活を営んでいるのだという、異質な価値観との共存世界がこの世だとの思いがあった。朝陽がのぼるのも、夕陽がしずむのも、その異質な価値観を持つ人びとの集落のあたりであった。私は、陽がのぼるのを眺めるのも、西陽がしずむのを見送るのも好きだった。それは、太陽の一人旅ではなく、そのあたりをあかあかと染めて輝く美しさだった。そしてその太陽に染まっているものはみな、自分ではなく、朝鮮家屋のわら屋根であり、山河だった。

こうして朝鮮の風土や風物によって養われながら、そのことにすこしのためらいも持たず、私は育った。それでも、敗戦の前後を日本に来ていたので、やがて、支配民族の子どもとして植民地で感性を養ったことに苦悩することとなる。それはぬぐい去ることのできない原罪として私のなかに沈着していった。戦後はなばなしく動き出した帝国主義批判ふうの思潮にも、心をよせることはできなかった。なぜなら、私は政治的に朝鮮を侵略したのではなく、より深く侵していた。ことに新羅の古都・慶州に移ってからは、朝鮮への愛情は深くなり、はっきりと意識しつつその歴史の跡をたのしみ、その心情にもたれかかり、幼ない詩を書いて来たのである。

当時の詩はもとより、日誌をはじめ、すべての表現は彼の地に捨てられた。久しいあいだ、私は、原体験が自分の手にもどらぬことを、ちぎれた肉のように痛く思った。また、父や母や、弟や妹や、私をこの世にあらしめたかすかなつながりある者たちの、ちぎれた人生を、たえがたい痛みで心に抱いていた。これが他人のことならば、被支配民族を傷つけた者たちの、尊大な生活の跡など、批判の火で焼きつくせばいいと直線的に思ったにちがいない。たとえ、一市井人の唄であれ。しかし私ら家族は朝鮮が好きだった。その固有の文化の流れを、私の感性は吸いあげてしまっていたのだ。それはどれとは言い難いまま、背負ってくれた朝鮮人女性の肌のぬくもり、父母と朝鮮の遺跡や書院をたずねた日々の感動。草のかたち、風の動き、朝鮮人の会話の重なり、などなどが、溶けあったまま血肉ふかくしみとおっているのを知るのである。そのくせ、そのまま、私は日本人なのだった。なんということ……

日本に住みはじめた私は、日本の風土への嫌悪感に苦しんだ。自民族に自足している者の匂いは、太陽がのぼるところも、しずむところも、自分の情念の野面だと信じているので内にこもってしまうのである。異質の文化を認める力が弱々しいのである。むしろそれを排斥するのである。

私はさみしかった。こんな風土が母国なのか。近隣諸民族を軽蔑するばかりではない、国の中で同質が寄りそってたがいに扉を閉ざしあう。これでは植民二世の私よりも劣っているではないか。

生きて行こうと思う私は、植民地体験に沈んでいる自分に向かって、ほんの少しでいい、母国の中の何かを誇りにしたかったのだ。それでもって自分を元気づけたかった。

そんなことが可能だと思えぬ日本だが、ともかく、生きて行こう生きて行こうと、一日一日這うように過ごしながら詩を書いた。どのような表情をしていたろうと、今になって思う。

ある日、入院先の療養所から一両日の外泊許可をもらって家に帰っていた。そのバスの窓から電柱に貼ってあるちいさなビラが見えた。「母音詩話会」としるしてあった。もう少し体がよくなったら行ってみよう、と思った。それまで詩を書いても、その時その場の知人たちの目にふれる程度で、散逸していた。詩とは本来そのようなものなのだと思っていたし、その思いは今も変わらない。ともあれ、より多くの友人が欲しくて、後日、『母音』編集発行者である詩人の丸山豊氏を自宅にたずねた。

「和江さんは黒いドレスを着て髪に白いリボンをつけて、まあ楚々として、おとなしくて……」

つい最近、丸山夫人がその当時の私のことをそう話して笑われた。目の前の流木につかまるようにして、このくにでの生活がはじまるのを感じていたころのことである。

私を迎えてくれた九州

私は故郷をもたない。ふるさとに近い感情をもっているのは、朝鮮新羅の古都慶州である。九州になじもうとつとめていたころ、何よりも困ったのはことばだった。九州人がお互いどうし話をしていると、さっぱり聞きとれなかった。博多でそうであったから、鹿児島のことばなどは、小鳥のさえずりとかわらなかった。私に初めて鹿児島弁の会話を聞かせてくれたのは、十名ほどの鹿児島娘だった。彼女らのはじきわれるような笑いをともなったさえずりは、なんともたのしい音楽だった。

植民地生まれの私には自分のことばは標準語と呼んだ共通語だけである。彼の土地でそれ以外の自国語を耳にしなかった。ことばがそうであるように、日常のあらゆることがらが伝統から切れていた。小学校三年のときに、学校から家庭の教育方針を書いてくるように、と用紙が渡された。父はそれに、自由放任と書いた。私はうれしかった。植民地でもそのことばは多少の緊張感をもってつかう思想のように思えた。

そうした環境で育ったので、私の生活の規範は両親の生き方と彼らの交友関係であった。身のまわりすべて未熟で若かったのである。そして私もまた自分をかなり自主的で、そして開放的な人間だと思っていた。父の前でねころんだり、母の前でスリップになったりすることなど思いもよらなかったが、父母をおそれなかった。そして九州へ来て仰天したことは、六百グラムほどのおっぱいをぶらさげた腰巻き姿が村道をゆききしていたことである。またその天真らんまんな人々が、どこかいつも口ごもりがちなのが気になった。その上に老人が多いことが、生理的な不快感を起させた。老人が、あのみずみずしい幼年の延長だとは信じられなかった。別種族と思えた。

そうした村人たちは、私をみると、いつもにっこりしてくつろぐようにといったものだ。

「服ども脱いで肌着になりなさらんの」

村の湯は男女混浴だときいた。軽佻浮薄な私は好奇心をもった。同時に、不潔感で肝をつぶしてもいた。父にたずねた。

「村の湯に行こうとまあちゃんがいうけど、どうしようかしら」

「好きなように」

父はいった。

「おとうさんは？」

「家のふろに入る」

「……。おとうさんは、村のお湯に行ってみたことありますか？」

「昔ね」

それで私は従妹について行った。そしてたちまち、ひるんだ。板がこいがじめじめして湯の中までその腐蝕が及んでいる気がした。「帰る」といった。

従妹はもう浴槽につかって男の声と冗談をいっていた。どうも私を笑っているように思えた。ことばがわからないので、私はじっと目をつぶって湯につかった。二度とは来ぬと身をちぢめていた。

目をあけると、たしか男は二人いた。顔の色とかわらぬ胴体をして立っていた。なんのことはない赤銅色の顔面の延長なのだった。男も女もそうだった。体中が顔と同じように陽にさらされている裸族だったのである。私の縁者は例外の勤め人であったので、気づくのがおくれていただけだった。そして湯の中の若いものたちは、これまたなんのことはない村道のふぜいそのまま、ざれごとをいいあっていた。あっけらかんとしていた。私は村の混浴に興味を失った。

　やがて、ひと落ちつきしたころ、父は村長をたのまれて、どうしようかと私ら子供に相談するともなく話した。私は、それは父にかわいそうすぎる仕事だと思った。しかしことばにならなかった。仕事に関する心の痛手はなまなましすぎて、それを思うと、どの小道を歩いていても涙が流れた。父の挫折感をしのんで涙がとまらなかったのである。私は父に、家族のことを思うことなく御自分のやりたいことだけを探してください、といった。

　そうした年の冬、私は汽車にのって玄界灘に面した母の実家のある町へ行き、母方の祖母に詫びた。祖母の意志に反して、母が父のもとへとあのように遠い植民地まで出かけてしまったことを。祖母の意志に反して、私が生まれてしまったことを。母は敗戦前にむこうで亡くなっていたから、あらためて祖母の心をなぐさめる思いであった。

　祖母は「親不孝のばつを受けたとたい」と、母の若死を私に叱った。また、引揚げ者という身分（身分と祖母はいった）に転落している現状を叱った。私は、父や私がこの現状をいわば、にほんの負い目の極点として、個体が負うことのできる最も大切な課題としていることを思った。苦痛だけが資産であった。それに勝さる身分などあろうとも思えなかった。が、すみませんと手をつくと、ようやく祖母は立って、山盛りのアラレを持ってきた。

「おまえがくるといっていたので、とっておいた」といった。「おとうさんと食べよ」といった。裏庭からみかんをもいできた。まだちいさな夏みかんさえとって、「これがあまくなるころ来ない」といった。そして押入れから金糸銀糸の大きな婚礼用の帯をとりだすと、

「おまえにあげようと思って、戦争のあいだもとっておいた」

と話したあと、母の名をいった。

「愛子にさせようと思っとったが……」

と。ま新しい帯はしめりけをもち、鵬《おおとり》がはばたいていた。

こうして私は血縁をとおしておずおずと九州に接した。九州に迎えいれられたのである。けれどもまた、血縁は私と九州とを近づける媒体とはなりがたいようであった。

私はふしぎでならなかったのである。私が血縁をたどって九州に接したように（私がそれを方便としか思わなかったのに反して）、九州の人々はそれをこそよりどころとしていることが。

村の中でも町の中でも人々は口をあわせたように、「あなたのおくにはどちらですか」と挨拶をしていた。血縁はかなり幅ひろく解釈されて、おくにと呼ばれて土地と結びついていた。またその地域の諸階層の総意をさしていた。そして人々は町中でくらしていても、

どこか遠くにあるその地域の総意に自分もまたふくまれていると感ずることで落ちついた。「あなたのおくにはどちらですか」という挨拶は、「あなたはどこに帰属していますか」という問いだった。私にはそうした感覚は個的存在に対する自信のなさ以外にはうつらなかった。それは集団的行為の最終的な責任を、集団内の個々人が負う力を弱くしていくのだ。大人たちがいつもにたにたしているのも、そのことと無縁ではないと思われた。それは他人の帰属意識に対する許容の表情らしかった。そしてそれからはずれることへの恐怖の表情である。いまはもはや気にならなくなったその表情の群に対して、その当時は、湧いてくるやりばのない憤《いきどお》ろしさに堪えていた。車中でも街頭でも。

例えば父の村でも誰ひとり私をうさんくさい小娘だというふうにみなかった、私の正体を知らないのに。大人は笑いかけたり声をかけたりした。失礼な人たちだと思ったものだ。若いものははにかんでうつむいたり、数人の場合には立ちどまって、親に似た笑顔をむけ、そしてひそひそと話をした。そして、だれも私の正体を知ろうとしなかった。

が、村人はそんな配慮とは無縁だったのだ。私は父の総領娘であるだけで十分すぎた。村の人々は父をその幼い日の呼び名で呼びながら、「帰らしたのう」と、大にこにこで連日父をとりかこんだ。ひとりでも欠けてはならぬように、人々は集まった、男も女も。父の知らぬ若い世代が父に紹介された。私のそれまでの常識では、こうしたお迎えの集まりは、各人の意見の傾向をともにするものたちで、行なうものであった。私は個別な傾向性を問わぬ、没個性的にこやか集団をはじめてみた。総身傷だらけの父は、けほどもそれをあらわすことなく、まるできのうまで共に青空のもとで笑いころげていたように、これらの人々にやさしかった。植民地での敗者は、おくにでの勝者のようであった。父のかなしみを思って、私はいらいらしていた。

それに加えて次男の父は、その兄である伯父を、まるで血縁すべての権威そのものであるかのようにとりあつかった。どこへむかってもこの九州（そしてにほん）では、個人の属性だけが問われて、人間の核心部分での対応は避けられていたのだ。いや意識して避けられるのではなくて、そうした対応を人々は知らないようであった。伯父は町に住む愛人及びその子らのもとでくらすことが多かった。そのせいか、父は帰るとすぐに、誰彼の悩みごとの相談をうけた。人々は、父は若いころからそうした人物であったといい、何かと洗いざらいもちこむのだった。父の苦悩を問うこともなく。つまり問いつ問われつではない。まるきり畠の野菜を食べさせるように、相談ごとを運んだ。

伯父が帰宅した日は、家の中はしんとしていた。伯父はたった一人自分だけ座敷に膳を運ばせた。そして戦争中も一度もかかしたことがないという酒をたしなんだ。必ず肴の出来ぐあいを叱った。伯母はおろおろする一方であった。私は抑えきれずに、時に、大声で伯父に悪態をついた。人間どうしの本質的な対応をしらぬ馬鹿者、と。伯母へも。伯父は私など相手にもしない。

彼のエゴイズムもがまんならなかったけれども、さようにみみっちい立場に自足する大の男の感覚が、がまんがならなかったのである。そしてそれをゆるしている家や村の気風が。父は「伯父さんも気の毒なのだ」と私をたしなめた。父の心はわかるが、同意しがたかった。

やがて私は血縁地縁のなかの序列を知り、それにあきあきすると同時に、「わたしは潤滑油になろう」ということばを、モットーにしはじめた。いま思えば、何が潤滑油かと思う。あのにんまりした総意によって、一日とて飢えることなく食べさせてもらっていながら、彼らの役に立ちえたと考えた自分を思う。それでも、ともかく十代の終り近く、私は夜ごとふとんの中で「わたしは潤滑油だ」とつぶやいて安眠したのである。そのことで、九州にかなり深くわけ入った思いがしていた。

なぜなら、こうした精神風土の土地では男も女も、人々の精神が負いかねているものを受けとり、だまって変形させてやることだけが、真に生きているといえると考えたためだった。なんのことはない、伯母の気苦労とか、近所の嫁さんの気づまりの使い走りをしたり、姑への反撥のしかたをしゃべるにすぎないが、そうすることで、おくにに帰属できない私も、土地の人々の心情と関連がもてた。と、そのようにひとり感じながら、私は少しずつ村人と冗談がいえるようになった。従妹のふとんの縫いかえなどを陽気にしながら、おそれるもののない居候ぐらしをしていた。

が、そのモットーはいかにももろかった。それは、やがて父がすかんぴんのままで村を出ることに決めたと同時に、終ったといっていい。もっとも父の方針には、私は賛成だった。物質的に身軽く、地位に身軽く、そして人々に何らかの影響力をもちながら生きることは私の好みにあった。私たちは町へ出た。父は原稿など書きつつ、定期便のように村をおとずれた。でも私は、とりとめがなくなったのである。

私には帰属感に似た感動をさそう小川ひとつ橋ひとつなかった。私を飢えさせることのなかった集団も、あっというまもなく、私の心のなかで愛惜をともなう個人と無関心になってしまった個人とにわかれた。

そしてそれからの長い間、私は九州の中をさまよい歩いたようなものだ。なにもないところだなあと、しんそこわびしく思いくらした。私はべつにないものねだりをしていたとも思わないのだ。それよりも、九州そのものが私に対して、なんにもないやつだなあというのを聞きつづけたのだ。しょせん溶けあうことのない水と油という思いがした。風景自体が気にいらない。中途はんぱにすぎるのである。だいいち冬の山野にみどりの色が残っていることが情ない。いさぎよさのない土地柄だと思った。夏に湿気が低迷するのも思いっきりの悪さである。からりと歯ぎれよくいかぬものかと思った。九州は人間の感覚をちいさくするところだと、木陰を歩く時も人中を歩く時も思った。ちょこちょこと雑駁なものが群れていて、それにあわせて歩かねばならず背を伸ばすことのできない思いには悩まされた。なんとかして狃《な》れねばならなかった。こちらがつらすぎるのである。それにしても正視にたえるものに出逢いたかった。

或る年の冬、南九州出身の詩人の谷川雁が「冬の阿蘇は君も気にいるぜ」と、雪景色を紹介してくれた。雄大であった。しかし村の中では、となりの家の鶏が狐にやられたそうな、とよろこぶ主婦に相槌をうたねばならなかった。「海がいい。天草の女は九州の外へ目がむいているので闊達《かったつ》だ」とすすめてくれた。からゆきさんと一般によばれる女をさがし歩いた。海外へ売られた娘子軍の幾人かがイギリス国籍やフランス国籍などを得て帰国していた。彼女らはくちぐちに「日本に住む日本人は、こもうて（気がちいさくて）つまらん」といった。

天草で私はちいさな発見をした。内海と外海とに挟まれている細長い村だった。半農半漁の村人たちは、内海に入会《いりあい》権をもつ者らはけぶったように生ぬるく、外海に入会漁場をもつ者たちはくるみの実がはじけたようにしていたのだ。私は漁舟をたのんで朝早く、天草からさらに離れているちいさな島へ渡った。

六十戸ばかりの村人が住んでいた。天草の人々から歴代にわたって差別されている島民であった。血族どうしの婚姻のせいなのか、大半の人々がうすぼんやりしていた。分教場の先生が、島でいちばんの物知りという人を紹介してくださった。その家は粘土をかためた小屋のようにしていた。それでも他の家が豚と同居しているのにくらべて清潔であった。

ひとへやきりの板の間に、布を幾重にも縫いとじたものを敷いて誰かがねていた。同じような厚ぼったい布ぎれが体の上にかけてあった。枕もとに木の桶があって、水がいれてあった。病人のひたいには、小学校の雑巾のようなものがのっていた。島いちばんの物知りは、家内はほんとうに気だてがいいけれど、代々血族結婚のため頭がすこし弱いのだ、今は体をこわしてねているけれど、昔はとても働き者だった、といって、頭の布きれをしぼり直した。病人が目をあけた。その目は白くにごってほとんど瞳がなかった。

　病人はそのまま目を閉じた。私が見えたろうとも思えなかった。あるじは、この島は糸満（沖縄糸満）のものが流れついて住みついたのだと天草ではいうけど、ほんとうはそうではない、といった。何百年も昔のことはわからないのだ、といった。天草のものは、この島のものと縁をむすぶのをきらうので、一番やっかいなのは結婚相手をさがすことだといった。島のものは代々みんな島内結婚で、うちのばあさんもわしといとこどうしだ、といった。そして、そのおかげで島はどろぼうもいないし、他人と自分をわけへだてしない、といった。おくにはここにきわまっていた。

　こうして、となりの鶏を、わが鶏としてくらすところの村落に出逢った。陽が出て陽が入るまで、女たちは浜の石の上にべったりとすわって、子供と遊んでいた。畠はなく、山にわずかに大根がとれた。米は天草からたきぎと共にとどいた。塩と味噌も。男たちは近辺の海で釣をした。そこにはくらしだけがあった。生きるために必要な集団と労働と休養とが。

　それはまっすぐ見ることができるしろものだった。そのくらしとその心情とは一体化していた。個人のこころと集団のこころとは相似形であった。ここには、サラリーマンでありながら、その社会的階層の生活原理を生もうと努めることもしないで、どこか遠方のおくにに生活の思考をあずけっぱなしにして安堵しているような分裂した生はなかった。また、あずけられたはずのものを対象化することもなく、まるで永遠の独自性のように村落にただよわせて、それに互いにしばられあおうとする生もなかった。ここにあったのは生活と、その生活と分離しえぬ心情だけであった。歴史時間をこえていた。

　私は小さな浜に腰をおろして、二つの顔を思い出したりしていた。内海の漁民のかおと外海へ出る漁師のかおである。どちらも生活だけがみえた。それからまた思った。筑豊の坑夫らを。そこにも労働にすべてをかける生活だけがあった。またさらに思いうかべた。知識人らを。彼等もまた生活だけをもっていた。思想をわたり歩いていた。

　私が九州でさがしつづけていたもの——生活の理念およびその対象化に対する執念もなかった。けれども、私にはみえなかった生がここにあったのである。その生は、在ることが全部であって、そのよしあしは他の生態によって問わるべき筋あいのものではない、と私は思った。草は冬でもみどりの芽をふかせてさしつかえないものであって、冬将軍の暴威を純化したがる私の傾向を思った。

けれども、だからといって九州のこの本質が、今日の時代性の中にあらわれるときの現象のすべてをゆるす気になったわけではない。歴史時間が常におっとりと流れてくる九州のつらさを理解したのである。そしてまた、神経質に流動する歴史時間とは無縁に受けつがれてきた、生活の強みを理解したのである。が同時に、九州を思考の舞台としようとするならば、そのふたつを可能なかぎり近づける努力なしには、この土地から文化などといえるものは生まれようがないことを思った。それはたとえば個人の問題としてもいえると思われる。未来時間からの圧迫感を、その生活感覚内に（中央の時間などを考慮しないで）きたえることと、もう一つは過去の時間からの圧迫を、そのきたえられた感覚とは断絶した領域を統べるものとして保護しないこと。そうするならば、社会的次元の思弁は中央方式で、私的生活はおくに方式で、という九州らしい分裂ぶりは、統一された思想の土壌となると思われる。

そうはいっても、私は根なし草である。わずかに「自己」の手ざわりだけを知って育ったにすぎない。この感覚は、あの無性格である東京の人ごみの中で、ほっとわが家へかえった思いをもつ。私は私自身の感覚を混乱させるものを大切にしてきたが、九州は、なんのかんのと私にいわせながら、相当に私に噛みついてくれた。ここで過したことは、やはりたのしかった。

私はしばしば育っていく私の子供の顔をのぞきこんだものである、不安と期待をもって。正直にいって、私は九州のあの分裂ぶりの中で、子供を育てることはおそろしかった。けれども、これらと無縁な発想の場がどこにあろう。私のこの擬似近代的な感覚も、あの分裂の谷からこぼれおちたのではないのか。

私は祈りに似た思いで子供らの感覚をさしのぞいてきた。何の祈りであるか、いいようのない圧縮された感情がつまるのだった。せめて生活を握っている生活者の群団ちかくに住むことが慰めだった。炭坑の子供らはわけへだてなくきたえてくれた。

私はつねづね思っている。私たちの感覚は家族から伝えられたものよりふかく、私たちをとりまいている風物や集団によって養われると。私が朝鮮で朝鮮民族のあの個々に沈黙していたまなざしによって養われたように。

私は子供らが生活物質にためらいなく接触しだしたのを驚異をもって眺めた。私が年をかさねてやっと越えた火との無縁感もなく、マッチをさし出すと火をつけ、その火に感興を湧かした。私にとって火は、誰かがどこかで物の変形のために使う職人道具の一つにすぎなかった。子供にとって火は、わるさ仲間へ通う心のはずみであった。かまどの火の感情を知らぬ私は、九州が私の子供に育ててくれた厚い実在感覚にそっと指をふれてみるのである。

草の上の舞踏

あのおばあさんたちは今朝は足腰が痛んでやしないかしら。私でさえ足が重いのに。私は未知の朝鮮人のおばあさんに引っぱりこまれて、ほんのすこし、アリランなど踊っただけなのに。チャングやかねの音がまだ心にひびいている。昨日は彼女たちの祭日であった。

その神さまは水の神さまだった。石段といっても、山水の流れのあとである。その石の急坂を登るのは私には閉口だった。そして山の中腹にドームのような聖域があった。鍾乳洞にちがいない。天井からすたすたと水が垂れ、奥のほうから微風が来る。その洞のなかに石仏が並んでいた。竜神をかたどった小さな銅像。そのかたわらに「八大竜王竜神南無妙法蓮華経」と書かれた柱。いずれも在日朝鮮人の献像物である。

この聖域は十畳ほどの広さにみえる。足もとは水こそ流れていないけれど、川床そのままで平たい大石や丸っこくなった岩などが噛みあっている。微風は、この川床が天井の奥へ向かってのぼっているあたりから流れてくるらしく、幾本ものローソクの火がゆらめいた。

「そこ、のぼって行きな。上の山に出るよ」

「ほんと？」

と男の子。線香を供え終えてのぞいている足もとが、つるりとしてころびそう。

「二、三年まえまでは、ここを水が流れていたけどね、もう枯れてしもうて」

誰かがそう言った。

「なぜ水が枯れましたの？」

水が流れていたからこそ、竜神信仰の聖域ともなったのだろうに、と思いつつたずねる。

「このむこうの山をくずしているからね。宇部セメントが、土をとってセメントつくっているから」

そういえばここへ登るまえ、国道を車で走っているとき、ばっさりと頂上をけずりおとされた山肌から、輸送管がながながと海岸へ向かってくだっているのをみた。

竜神信仰は、日本では水神信仰としてひろく農民層に及んでいたけれども、韓国でも水の神さまであり民間信仰のひとつとして一般的なものであった。上代では八大竜王ということばとともども、日本でも政治軍事もつかさどる神として信仰をあつめていた。半島の南のほうに、かつて新羅が都をおき、そして半島統一を成したのだが、その新羅王は、しばしば侵攻してくる万葉時代の日本から、国土を守るべく、死して竜神とならんといい、海中に墓をつくっていた。私にその話をした韓国の詩人は、海中の王陵をたしかめに舟を出し、海に潜ったという。彼は海水が墓をくぐり音を発していた、といった。昨今は、その海中の墓も水中カメラで写しとられていて、私たちも目にすることができるけれど、彼が王陵を海中にさがした頃には、まだ伝承だけが手がかりだった。彼は日本が敗れて植民たちが去ったのち、自分の生命の火を呼びさまそうとするかのように、伝承のあとあとをたずね歩いていた。彼は私の少女期の友人である。

そのように彼らが民族的にしたしんだ神の祭りが、このにほんでも行われていることを知り、救われた思いがする。六十四歳になる参拝のおばあさんは、

「あの家はわたしらが頭に石のせて、木のせて、はこんでつくった家よ。目みえん、すこしみえるだけの人、あの家におったよ。えらい人ね、わたしが行く音、足の音、耳にきいて、ああ小林さんよう来たねえ、いっていたよ。目みんでも、耳でわかるねえ。

わたし苦労したよ。神経痛してね……」

そのおばあさんは、神経痛がなかなかよくならなくて困っていたけれど、その目のうす

いお坊さんと逢い、ここの神さまを拝んでいてすくわれたのだという。家とは洞の下手に建っているちいさな僧房のことである。

洞穴のなかの数体の石仏にも、入口の淡島さまの像にも、線香やローソクやおさいせんやくだものなどの供物がそなえられていた。三つ重ねたおもちは朝鮮ふうにつくられていて、一番うえの草もちは中央がふっくらと盛りあがっている。その下はうすべに、その下は白いもち、小学生が上手にお線香をあげて手を合せる。青年もだんまりと手を合せ、チマとチョゴリの民族服を着た初老の女性は、線香とローソクとおさいせんをそなえると、身をかがめて幾度もていねいに民族ふうの拝礼を行った。私が子供のころ親しんだ新羅の古都慶州で、こうして朝鮮人がふかぶかと石仏を、拝していた。あの情景そのままを、私は目にしている……

「あの子ら、上手にお線香あげるねえ」

うしろで声がする。在日朝鮮人の女性である。

「ああ、ちいさいころから、いつも連れて来とるからねえ」

「あの子らが、またその子供を連れてくるよ」

「上のあれはなんというんね」

「おやこさん」

「おやこさん？」

「ああ、おやこさん」

おやこさん、とはお薬師さんのことだな、と私は思う。そして、おやこさんということばを、いいなあ、と思う。こうしてなまったままで伝えられていいにちがいない。いつぞや私は自宅近くの老女から、

「くぎぬき地蔵さんに連れて行くけん、ついてきない」

といわれて、そのくぎぬきさんへ行った。行くまえに幾度も、

「そのお地蔵さん、大工さんの神さまですか」

とたずねたものだった。なぜなら、

「くぎぬきさんは、くぎ踏んでもすぐなおさっしゃる神さんばい」

と、老女が言ったから。

行ってみると、苦器抜《くきぬき》地蔵像であった。おやこさんと同じである。

ここのお薬師さんは、竜神信仰の洞穴からさらに石段を登ったところにもう一つ洞穴があり、そこに藩制期から薬師如来の石像が安置されているためにそうよばれている。日本

人の老女たちは主としてそのお薬師さんに詣でる。もとより朝鮮人もそこにも詣でて、そして老女も青年もふかい礼拝を行っている。青年は線香をそなえ、それも火をつけた線香を吹き消したりせず、しずかに手をふって火を消し、煙ばかり立ちのぼらせる作法まで心得ている。そしてかしわでを打って拝していた。老女は息子の名をつぶやきつつお経をあげた、朝鮮語で。法華経であった。息子のために、といった。北へ帰っている、という。

「おやこさんはなんの神さんね」

と、なお女の声がする。

「知らんよ」

「ふーん」

そして会話がとぎれた。朝鮮語で誰かが問いかけたから。朝鮮語で返事をしている。私はここの山形地形と、そして求菩提《くぼて》修験の山からもそう遠くないことなどから、ここはかつては修験者とかかわりふかい場所であったにちがいない、などと思う。薬師如来の像の前には、山伏姿の二、三人が座していて、しきりに太鼓を打ちならしていた。

修験者も山を聖域としたけれど、修験に限らず他の日本の神々も山を聖所としている。しかし朝鮮の神仏も金剛山はじめ、このように登るに苦難する場所に祭られていることが多い。人里離れているこの洞穴の石仏は、朝鮮のそれにどこか似ていて、日本でくらしている朝鮮人に母国をしのばせる手がかりとなったのではあるまいか。今は麓にダムがつくられているけれど、以前は下まですっぽりと木立が覆い、清水が流れていたという。

二つの洞穴のうえに広場があった、草原が。このてのひらほどの広場のまわりに山林がせまっている。ここにござを敷いたり毛布をひろげたりして、うたげが始まった。誰もが互いに知人であるらしく、久方ぶりという挨拶が、朝鮮語や日本語できこえてくる。私は木かげで足をのばして涼風を待つ。白いチマ・チョゴリの婦人が草かげの石仏を拝しているのが木の間にみえる。むこうで子供らが、

「わたしにもおにぎり」

とさわぎ、

「おとうさんばっかりビールのんで、わたしにもオ」

といって叱られ、蝶を追い、とんぼを捕え、そして走ってかえっては、何かをつまみ食いして朝鮮語で叱られた。

ここは福岡県にある内尾山《うちおさん》宝蔵院相円寺《そうえんじ》という。俗に内尾薬師。朝鮮人のおばあさんが

語ってくれた房守りさんはいまはみえない。昨今の院主さんも参詣の人びとにしたわれていて、山伏のほら貝を合図に竜神祭が行なわれた。チャングを鳴らして祈り、踊る。

私は人びとがていねいに拝礼する姿に涙がこみあげてしまう。彼女らのなかにまぎれこみ、肩をすりあわせていると、かつてのたくさんのオモニらのにおいがなまなましく寄せてくる。水色の民族服の女性がしずかにひざを折って拝している。母国のくらしを知っているかしら知らないかしら。

オモニのひとりが、涙を拭いた私へ、

「今のうたね、朝鳴く鳥は腹がへったとなく、夜鳴く鳥は男がほしいとなく、わたしの男は半男……、わかる？」

といった。そしてまた朝鮮語でうたった。

「なんですって？　ナガ、カッタ？」

「わたしの男は、はんおとこ……」

「はんおとこ？」

「わからん？」

「わからない」

オモニが笑った。

「おかあさんはどこに住んでいらっしゃるの」

「わたしのうちかね、鳥居の所知っとるかね。鳥居から三軒目。わたしはね、子供七人。一人京都におるねえ、一人直方《のうがた》、一人小倉《こくら》、一人北朝鮮ね。一人、ぐれとるね。困ったねえ。ぐれとるよ。わたしね、子供七人うんだよ。みーんな、よそ行った。ひとーつもわたしのとこに、おらん。わたし、ひとり家におるよ。

十九で日本に来たねえ」

十九歳でやって来た。韓国の慰山《イサン》の近くから。若松港で石炭の荷役をしていた。四十六歳で夫に先立たれた。苦労したけれど、日本ほど住みよいところはないという。今はちいさなちいさな家に、一人で住んでいる。名は、こばやしみさこ。

「いい名前やろ。こばやしみさこ。朝鮮の名前はブンミンフォア」

「え?」

私はたずねかえす。どうも、うまくききとれない。こんな字を書きますか、とてのひらに書いてたずねてみるけれど、字は知らない、という。

三年ほど前、母国に帰ってみた。従妹に会った。その名を呼んだら、相手がびっくりした。

「わたしの名、おぼえていなさるか、ゆうて、びっくりしよる。おぼえんでどうするね、血、つながっとるのに。わたしはそういったよ」

オモニがにっこりした。

「それでも、よそのくに行ったと同じよ。よそのくにの人、よそのくにの山、みるのと一緒よ。なにかわからんね、なに考えるか、わからんね。はやく日本に帰りたい思ったね」

まるで私が日本に引揚げて来たときのように、彼女はとまどいを感じたのだろう。くにへ帰ってみて、

「金ないと、どこ行っても、つまらんよ。金ないと、どこにも行かれんよ」

と、わびしくなって引かえして来ていた。

八十四歳になる老女は、歳ほどにみえないけれど、五十三歳になって、上の子が三十六のときにみんなで日本に来たのだと、たどたどしく話した。それでは日本敗戦のわずか一、二年まえのことではないか。口もとが小さい女。

彼女は小声でうたった。そして、

「このうたね、うらの女が嫁さん行くので、まえの男が木にひもして、首しめて、死んだ、というた、ね」

とにっこりした。そして、「松の木の花がはらはらこぼれた」とつけくわえた。私は老女の笑顔をみていて、またも不覚に涙ぐんだ。老女が手さげをかきまわして、うちわを引き出してあおいでくれた。夏の白麻の袖のなかで、彼女の細い腕がすけてみえる。私はその衣服の縫代をなでて、お上手に縫ってありますね、という。もう目がうすいので、なかなかうまく縫えない、と彼女がいった。おばあさん……

「おいで、いっしょに踊ろう」

中年の女性が呼びに来た。

むこうの原っぱでチャングが鳴っている。はだしになって踊っている人さえある。両手をひろげ、肩でかるくリズムをとり、足先を時折ちいさくけりあげて、女たちが踊っている、うたいながら。

老女が冷酒をゆのみにそそいで、飲みなさい、という。手をそえて口もとへ持ってくる。そうだ、いつぞや韓国を訪れた時も女たちはこうして野山で酔いつつ踊りたわむれていた。たしかに、その昔はしばしば野っ原でチャングを鳴らして踊っていた。戦争が激化して、その姿を消してしまったけれど。女と子どもらは昼。男たちは夕ぐれまで。

「あの女、いま、立って踊る女ね、韓国行って連れて来たよ、むこさんが」

老女がいう。人むれの中ほどで、中年の女がうたいつつ一きわ上手なのである。日本に住んでいる朝鮮人の男性が故国を訪れて連れてきたという。

「籍いれて連れて来るよ。日本行きたい行きたいと、誰でもね、仕事ないからね、よろこんで嫁さんにくるね。男は日本がいれさせせん」

老女はいう。

「しっかりしたの男は、日本で嫁さんみつけるね。少し、しっかりの男はここで嫁さん、ないね。頭少しわるいの男は韓国行って、籍いれて連れてくるね。なんぼでもなんぼでも、そんな嫁さんおるね、日本くらすの、いいね」

「日本人はいじがわるいから、くらしにくいでしょうけど……」

私のことばは口のなかでごろごろとしてしまう。八十四歳のおばあさんが、

「いじわるい、ないよ。同じね」

きまじめな表情でいってくれた。

なおも韓国から嫁としてやってくる女の話をするのをきいていると、結婚による配偶者をいみするばかりではないのではないか、と思ったりする。

私の自宅の近くに住む朝鮮人の老夫妻が、先日いった。

「こんど、うちで盆おどりするけど、来てくれるやろうかねえ。みんなでそういいよるけど」

「いいのですか、私がおじゃましてもいいのですか」

私は声をかけてもらってうれしくてそういい、このごろはやりの紅茶キノコをさしだした。

「おかあさん、はやりの紅茶キノコよ、のんで長生きしてくださいね」

彼女は医者不信のうえ、血圧がどうとかとか、朝は口がかわいて困るとか、もう目がうすくてとか、このところさみしげである。そしてこの竜神さんの祭りにおさそいした。するとおばあさんは、

「ああ……」

と、おじいさんと顔を見合せた。ちょうどその頃韓国へ行くのだという。けれども体の調子がこんなふうで、行けるやろうか、と心配しているところだという。

「まあまあ、それはそれは」

それはここでの祭りどころではない。お墓に参ってきたいのだというおばあさんに、あと十日あまりもあるから、要心していればきっと大丈夫、もう糊つけやアイロンかけは止して、日本の女みたいに洗いっぱなしの服をひっかけてなさいね、という。

「それでも、ボロでも糊つけてアイロンせな、休べたべたして、きしょくわるいよ。くせになってしもうとるねえ、朝鮮人の女、たいへんだねえ。おじいさんのパンツ、糊つけてアイロンしてはかせるよ。いっぺんでくしゃくしゃしてしもうねえ、アイゴ」

とわらった。私もおじいさんも笑ってしまう。彼女と一緒に竜神の祭りに来れないのは残念だが、朝鮮人の老女には誰もどこやら一脈通うすがすがしさがある。おのれを知って他を侵さぬ風情は共通している。大きな声でうたい踊って六十四歳のこばやしみさこのブンおばあさんは、

「わたしはほがらかじゃろ。人は、あんたくろうないね、いうよ。わたしのこころ、くろうのやまよ、くろうのかわよ、アイゴ。たのしかねえ。わたしのこころ、やまあるね、かわあるね……」

そしてまたうたい出した。うすい白衣のスカートがひらひらして、濃いピンクのきんちゃくがゆらりと民族服のスカートの中で透けている。ちょうど股のあたりで。ふくらんだ長いシュミーズの上で。

ああ、こんな女たちがどっさりいた。いまもどっさりいるにちがいない。もっと若い頃は地割れするような声で子供らを叱りとばし、汗を流していた人びと。互いにののしりあ

いながら家族を養ってきた人びと。

「ああ、もう……」

汗をふきふき男性のひとりが嘆息した。

「まだ帰らん、次の汽車にするちゅうてから。ほんとにもう、おなごちゅうのは……」

彼の女房はチャングをならしつつ、今は顔を空にむけて何やら唄いつつ舞っているのである。四十代とみうけた。

「空は想いのくにです。何代も何代も韓国人はその胸のおくの想いを、あの青空に流しました」

そう語ってくれたのは、あの海中の墓をさがした詩人である。それは政治的な意味あいをもつ心情のみならず、野山あそびに放歌する人びとのこころのくさぐさをも語っていたにちがいない。そのふとした情念のありようにふれることができて、やっと、状況に対する反応の民族的固有性なども理解できることになるのだろう。

すたすたと女房が寄ってきていう。

「よかろうがね、汽車はまだいくつもあろうがね」

男が時刻表をくっている。

「おなごちゃ、もう。ほんに、もう」

「うち、まだ帰らんよ。わかったろう。ええやろう」

女房はすぐに去った。そしてむこうで、やかんのふたに酒をそそいで飲み干した。

「踊ろうよ」

私は三十なかばの朝鮮女性に声をかける。

「いやばい、踊り知らんもん」

「知るも知らんもないよ。行こ」

八十四歳のおばあちゃんが、

「行こかね」

と腰をあげた。


私はすっかりおどろいてしまった。あのおばあちゃんの舞のなんとかろやかだったこと。そのアリランのなんとはるかなおもいのこもっていたこと。彼女は草原で、女たちの群舞のなかで、ひとりまことに、朝鮮の舞だった。農婦の舞だった。足もと近く目をおとして、うなじをかしげ、肩も背も腰も草の穂のゆれるようにしなやかに、ひろげた腕にさそわれてその体を流した。ひとり口ずさみながら。

　私は、まこと、息をのんだ。かすかに背のまがった農婦が、このようなしぐさで舞っていたのだ、韓国の野辺では。群舞のなかでの小さな静寂。人びととつかず離れず、調和のなかで独自にひらいている世界。何にもましてその身のこなしが、古い朝鮮であった。六十をこしているブンおばあさんも、そのパクおばあさんには及ばぬ日本くささである。どこがどうちがうのか。目があらいというのか大味というのか。ともあれ、他の者はあごがあがっている感じがしてしまう。

　三十代の女性は、チャチャチャを踊っている。いや、朝鮮語でうたいつつ彼女も朝鮮ふうに手足を動かしているのに、それはチャチャチャと動いている。私はぱしりと彼女の背を打った。

「こら、あんた。とうちゃんにかくれてダンスばっかりしちょるねえ」

「ようぃわんわ。これでも世帯持ちよ」

　彼女は腰をふりながらこたえた。私の踊りはさしずめドジョウすくいになっているのだろう。いやになる。私はあれが最大にきらいなのです。こんなふうに思いのまま気のむくままの舞踊は沖縄の人びとも巧みで、心がはずめばたちまち表現に及ぶけれども、日本のくらしにはそれがない。日本生まれの朝鮮女性もそうなりつつあるのかしら。

　朝鮮の女性はかつて儒教下の男性のもとで、その社会的な地位はもとより家族内での人権も不安定であった。が、それは社会的倫理の質の差で、女性蔑視は朝鮮も日本もかわりはしなかった。こうした野山での遊びも、祭礼も、男女別であった。それでも民族のこころを養い、伝承してきたものはそれら名もない女たち母たちの情愛であったと、私は自分のなかに流れおちている朝鮮への想いをおもいかえすのである。

　踊りの輪はやがて、カンカンスウォルレーになった。顔のちいさな、きりりとしまった女性が、あの人がいいよ、というふうに指さして鉦《かね》を渡した。鉦のリズムにつれて自在に踊るのだけれど、そのテンポはみなそろっていて、次第に早くなる。激しくはね出す。

　むかし壬辰《じんしん》の乱のとき、日本から秀吉軍が攻めてきたのを水軍の将李舜臣《イシュンシン》が、村の女たちを集めて円舞させて追い帰したという故事が、このカンカンスウォルレーには伝えられている。エネルギッシュな踊りである。八十四歳のおばあさんは腰をおろした。わしゃ関係ないよ、という風情である。草のなかで遠くをみている。私はチャチャチャの女と踊る。水色の民族服の優雅な女性が、私をさそい出す、何度もうなずきながら。顔に火傷をした主婦が陽やけした顔いっぱい汗をふき出させて乱舞する。ワンピースの女房が、くつをけりあげてとびはねる。誰かと誰かは肩を組み、あたかも千鳥足めいて舞っている。ブンおばあさんのピンクのきんちゃくがまたとびあがる。

朝鳴く鳥は腹がへったと鳴くけれど
夜鳴く鳥は男がほしいというてなく
わたしの男は、半男……

「ねえ、半男ってなあに」
「あ？　なんね？」
チャヤチャヤの女にも通じない。

わたしのひろっぱに
男いないかい
　ケチナ　チンチン　ナーネ
おまえのひろっぱに

男がいるかよ
　ケチナ　チンチン　ナーネ
いるかいないか
おまえにわかるかよ
　ケチナ　チンチン　ナーネ

八十四歳のパクおばあちゃんは、唄声をそう訳してにんまりする。つまりは勝手に互いにうたっているらしい。

星が出ているよ
　カンカン　スウォルレー
星よ星よ
　カンカン　スウォルレー
花が咲いたよ
　カンカン　スウォルレー

花よ花よ
カンカン　スウォルレー

めまぐるしい乱舞が高まってもうおばあさんもききとれない。訳しきれない。そしてやっと一休みの飲み食いがはじまった。遠くで男たちのざわめきがする。彼らは僧房へ引きあげて酒盛りでもしているのか。

「あんた、上等。にんげん、上等」

そういって湯飲みの酒をすすめられた。朝鮮では大きな鉢で、なみなみのマッカリを女たちもぐうっとあけたりしていた。私は上等とおだてられても、ようやく健康体がもどっているこの夏で、湯飲みの酒はおぼつかない。ブンおばあさんが横から半分のんで笑う。

「おかあさん、あたし、こんどおかあさんの家に遊びに行かしてください」

「ああ、ああ、来なさいねえ」

その目はやっぱり、「わたしのこころ、くろうのやまあるね、かわあるね」という目になった。

私にも山や川があるのだろうか。しおからトンボのようにピョコピョコと生きてきた。

このおばあさんたちのような、重くてあかるい老婆になりたい。老婆になりたい、私自身が誰かのふるさとであるような。

「さよなら」

そういうと、チャチャチャの女性がうたい出した。流行おくれのうたを。

「別れるこーとーは、つらいけーどー

しかたがないんだ、あなたのためー」

私を指でさす。

ほんとに私たちのうたは、まだ生まれていないんだなあ、と私は思う。私たちいまここにいる、朝鮮半島の北を故国とした人や、南を故国とした人や、日本の国籍をとった人や、そしてその子も孫もおやこさんに遊びに来るだろうと予定している人たちや、そして私たちにほんの女などが一緒に想いをこめてうたえるようなうたは。

もう、たてまえ論はたくさんだから、私は彼女らとうたがうたえるようになりたいな。ここでおばあさんが、あんな重い重いまなざしと、雲みたいにやわらかい笑顔で語りかけてくれたように。

ある朝鮮への小道――大坂金太郎先生のこと

一九六八年（昭和四十三年）十月、秋の日が沈むころ、私はふりかえりふりかえり先生のお住まいを去った。その当時大坂金太郎先生は九十三歳であった。先生はすこし前かがみの姿勢で、ご門の前に立ってじっとこちらをみておいでになった。夕陽のなかへ歩み去っていく私と先生との間に、もう一世代、つまり私の父親の世代があるのを、つよく感じながら私はお別れした。

敗戦のあと十年あまり、ラジオが「尋ね人」を流していた。あの「尋ね人」の時間をとおして、私は大坂金太郎先生が松江に引揚げて来ていらっしゃるのを知ることができたのだった。それは私にとって、私的な歴史のなかにしみとおっている私の民族的な誤謬の根をさぐるための、その糸口となるもののように思えた。なぜなら先生は、私が朝鮮で生まれるずっと前にむこうに渡っていた日本人であったから。日韓併合のまだその前に、志願して渡韓した日本人であったから。私は失礼をかえりみず、「尋ね人」をとおして先生をおさがししたのだった。

けれどもお住まいがわかってなお十余年、私は先生をおたずねする折を持てなかった。ようやく子供たちに留守番をたのめるようになり、わずかな旅費を手にすることができて、やっとおたずねした。先生のご長命がありがたかった。先生はたいそう心待ちにしていて下さって、明治三〇年代のアジアの緊迫感などを、おどろくほどの記憶でお話しくださった。私には遠い存在だった内田良平たちが、ふいに、肉体をもって感じられた。先生は天眼鏡で書物を読んでいらした。私は、先生に当時の御体験をぜひともお書き下さるようお願いし、そのためのメモのつもりでノートした。

そして夕陽のなかでお別れをした。見送って下さるその立姿がこの世のひとというよりも夕雲のごとく身にしみて、私は未発表の次の小文を書いた。もし、先生が書き残して下さらなかったときのための、ノートがいると、そう思ったから。そして引出しにしまいこんだ。

その二年後、またおたずねした。先生は記憶がうすくなっておられた。私は先日もっとおききしていなかったことを、申しわけなく思った。そして百歳を越して、ほんとうに先生は白雲と化していかれた。

先生は私が十一歳のときお目にかかった慶州の博物館長だった。新羅の古都慶州の歴史も、朝鮮人の少年をはじめて教育した日本人である先生も、当時の私に、或る決定的な印象を残した。人間はたかが一代の体験に終始するものではなくて、過去と未来につながるゆったりと大きな流れとむかいあうものなのだという思いに似ていた。以下古いノートである。

＊

このノートは大坂金太郎先生に御執筆をお願いしたい朝鮮日本両国開国史のための、メモである。同時に私にとっては日本人民衆のアジア開眼史の一部ともいえる。私たち民族のアジア観の系譜やその源泉を知るための手がかりの一つともさせていただきたいと思う。

私が大坂金太郎先生を存じあげたのは、小学校五年の春であった。当時私は赴任する父について、大邱《たいきゅう》から慶州《けいしゅう》へ移った。慶州は新羅の古都で、静かな家々のたたずまいと田畠に散在している石造りの遺跡に心ひかれた。父に連れられてしばしば散策したが、博物館へも連れられて行き、ここではじめて大坂先生にお目にかかった。先生のご説明で多くの遺物や出土品に接した。金冠や瓦や土器、わけても鐘の音はそれにまつわる伝承とともに心にしみた。

先生は朝鮮人と親交があり、私は学友が、あそこの人はかわりものだと親たちがいうというのをきいた。理由はよくわからなかったが、私などに感じとれぬほど土地の人びととの交りがあることだけが伝わった。

敗戦ののちに先生が日本で執筆なさる諸論文を『朝鮮学報』で拝読した。「掛陵考」。「新羅花郎の誓記石」。「朝鮮慶州出土の彫三島厨子に就いて」。「百済壁画塼室墳出土在銘塼について」。「在鮮回顧十題」。

私は先生をこの秋ようやくお訪ねした。先生は九十三歳におなりで、たいそうたっしゃでいらした。私はお話をうかがった。お若い頃の話は東洋のための東洋という思想が、まだ国策としてのアジア侵略主義へとゆがめられぬ頃の気風をしのばせた。私は樽井藤吉の『大東合邦論』がいまそこで書かれているかのように思ったり、宮崎滔天を思いうかべたりした。滔天をご存じでしたか、とおたずねすると、直接逢ったことはないが滔天の親しい友人であった中野天門に師事した、とのことであった。大坂先生の青年期のあだ名は大韓国というのであったという。明治三〇年代のことである。そしてそのあだ名が事実となったかのように併合前の韓国へ向かわれた。

その精神的背景を知るために、先生の生いたちを簡単にしるさせていただく。

先生は一八七七年（明治十年）八月二十一日、江戸の生まれである。父上は大坂市蔵、旧姓芦屋斧次郎《おのじろう》といい徳川幕臣芦屋良輝の次男である。祖父芦屋良輝は一八五九年（安政六年）初代函館奉行の祐筆として北海道へ渡った。函館奉行所を幕府直轄から松前藩へ移した時に、良輝は奉行所に残って外事に当り、露国との折衝をつづけた。

良輝には新太郎・斧次郎の二子があり、良輝は家督を新太郎にゆずって幕臣をつがせ、自身は松前に転じた。従って、新太郎は江戸に残り、斧次郎は母に連れられて函館に渡った。当時十二、三歳であった。この斧次郎が先生の父上にあたる。

一八六八年（明治元年）王政復古と江戸城の明け渡しに反対した榎本武揚は函館に渡り、蝦夷《えぞ》共和国を創立した。北海道を彼等は王政から分離させて共和制にせんと主張し、結集した旧幕臣らは投票で榎本武揚を総裁に、松平太郎を副総裁として臨時政府を樹立した。斧次郎は当時十九歳であったが、彼ら父子はもとより幕臣であるということで、共和国臨時政府へ賛同した。

蝦夷共和国に対して政府軍はその潰滅をめざし、同年十月いわゆる函館戦争が起った。榎本らは五稜郭にたてこもり、斧次郎は戦火のなかを共和国軍の食糧確保に走った。

五稜郭がおち戦火がおさまったのは、一八六九年（明治二年）五月十八日である。斧次郎は榎本のために兵糧集めをした当時に知りあった、函館郊外の上磯《かみいそ》郡清川《きよかわ》の大坂家へ養子に行った。江戸へかえってもしかたがない、と思ったのだという。清川は米どころであり、養子先は田畠や山を所有していた。大坂市蔵と改名した。

大坂金太郎先生は市蔵の次男として生まれた。一家が一時江戸の神田に帰っていた時に、その実家で生まれて、五歳の時に函館へ引き返した。先生は札幌師範に進学したが、入学した年は日清戦争が終って三国干渉のあった年で、学生たちはくやし涙をのみ、次は露国だ、と語り合った。

露国は日本海のむこうで韓国国境をおびやかしていて、それは札幌の人びとにはきわめて身近かな感覚で受けとめられていた。祖父の代から露国との外事に当たっていて、日露の交渉に敏感であった大坂先生は、国際的焦点である露・清・韓の問題に通じねばならぬと、その研究に力を注いだという。学友らは大韓国とあだ名をつけた。主として韓国に焦点を注いでいたためである。

札幌にやがて露清学校が創立された。北海道時事新聞社長の中野二郎、すなわち中野天門が校長となり、札幌師範の後援で作られたものである。大坂先生は日曜ごとに講義をききに行った。講師は清国人が清国語を、日本人が露語を教えた。露語教師は熊本県人の三角某、のちに満州に行って死亡した人物である。

校長の中野天門は宮崎滔天の友人で、シナ浪人。頭山満門下で玄洋社員であったが、黒竜会を内田良平らと創立した。露国と戦争に入れば、まず札幌師団が出兵するとの見解は多くの人々の話にものぼっていたが、露清学校は一九〇一年(明治三十四年)に上海に創立された日本人経営の東亜同文書院とも関連を持ちつつ、露国・清国・韓国の研究に集中した。学生は師範学校・農学校・中学校の有志が集まった。日々、議論が湧いた。

大坂先生は師範卒業後、七年間道内の小学校に勤務され、引きつづき韓国の研究をした。そこへ渡韓の話がもちこまれた。

露国との戦争の終結後であった。韓国に対する「保護政策」をとりはじめた日本政府は、韓国(一八九七年=明治三十年に国号を朝鮮から韓国に改めた)の京城に一九〇六年(明治三十九年)二月統監府を置き、第一代統監に伊藤博文が赴任していた。そして統監の書記官であり韓国学部参与官をかねていた俵孫一は、試験的に韓国に日本の学校制度をとりいれた初等教育を敷くようにした。日本の学制は一八八六年(明治十九年)に学校令が発布されて成果を収めはじめていた。当時の韓国学部大臣の李完用《イウォンヨン》らと計り、京城に十校各道に一校ずつ、日本の学校令をとりいれた初等学校を創った。そして教監としてそれぞれの学校に日本人教師を一人ずつ配置したのである。そしてその翌四十年には各道に二校ずつ創立させることにし、韓国から文部省に依頼した。文部省は各府県に教監のすいせんを求めた。そして北海道では大坂金太郎先生にその教監の話が持ちこまれたのだった。

先生は直ちにそれに応じた。そして露国および清国との国境へ行くことを希望した。寒さには動じないつもりであった。北海道とさしてかわらぬ緯度である。直接現地でそれまでの研究の正否をたしかめんと思ったという。

京城で伊藤統監は各教監たちに辞令を渡したが、俵参与官が、大坂君は自ら希望して咸《かん》北《ほく》（咸鏡北道《かんきようほくどう》）の会寧《かいねい》に行きます、というと、あ、そうか、あそこには兵営ができるから気をつよくして行きたまえ、と声をかけた。一九〇七年（明治四十年）四月十日、大坂先生三十歳の時であった。

兵営云々の言葉は、併合前にすでに設置個所も決定していたことをうかがわせるのだが、当時は韓国に軍隊があり、同年七月高宗は皇位を日本側の意向によって太子に譲渡させられ、八月一日には日本軍によって韓国軍は強制的に解散させられたのである。京城では南大門をはさんで白兵戦が起り、各地で義兵運動が起った。が、会寧はかつてこの地に駐留していた露国の軍隊を日本が追い出したことで日本軍への評価は好意的であった。民家の一部に少数の日本軍が残留していた。

大坂先生が会寧に着いてまず考えられたことは、食生活をゆたかにしてやりたい、ということであった。札幌からばれいしょや、とうもろこしや、かぼちゃの種子をとりよせて普及させることにつとめた。冬は零下四十度をこえる土地であるが、北海道の産物はよくできて、人々は芋先生と呼んだ。学校の仕事よりも直接生活にかかわるそうした問題にたずさわることのほうが多かった。

先生は朝鮮人の民家を借り、自炊生活をした。日本人は二十人くらいいた。そのほとんどが独り身で、南朝鮮やウラジオストック方面で事を起して追放された男であった。

この会寧で知り合った朝鮮人のなかで、先生は金鉄中《キムチョルチュン》を忘れることができない。先生が赴任した翌四十一年の冬、十一月であった。朝鮮家屋で自炊生活をしながら教監の仕事をし、一方で咸鏡北道史をまとめようとしていたときのことである。清国との国境の豆満江はすでに凍っていた。夜おそく戸をたたく者がいる。一人二人ではないけはいである。

「誰か」

「先生、わたしどもです。金鉄中です。あけてください」

戸をあけてみると五人の青年がふとんをかかえて立っている。朝鮮のふとんは薄い。あたたかなオンドルに敷いてくるくると体に巻きつけてねる。若者たちはめいめい丸めたふとんを腕にしていた。

「なんだ、ふとんかついで」

先生の朝鮮語は渡韓前に学習してある。

「先生がお一人で退屈だろうと思って泊るつもりで来ました」

それはよう来た、と若者たちを招じ入れ談笑し、ともに寝た。翌日も翌々日も来る。咸北史をまとめようとしている時でもあり、茶菓子を用意して、昔話などをたずねたりした。若者たちは昼間は引揚げる。一週間たつと他の五人と交代した。彼らは朝鮮人の私学校の生徒であった。

先生の赴任当時会寧には朝鮮人の私学校は儒興学校・日進学校・会興学校の三校があった。儒興学校は土地の儒学者が創立し、儒学を教えた。日進学校は東学党がつくり民族主義的傾向がつよかった。会興学校は、土地柄露国および清国との貿易がさかんで、その貿易商人が創立経営していた。

この三校を統合して統監府は、一九〇七年（明治四十年）九月に公立会寧普通学校とし、四年制の初等科を設けた。校長は先の三校からすいせんし、生徒は九歳から二十歳までの男子二百名であった。

この生徒たちが夜ごと泊りに来る。どうも様子がおかしいと思う。日本人を警戒してふつうは近づかぬものを、連夜やってくる。尋ねると、先生が退屈でしょうから、というだけである。

あるとき衛戍《えいじゅ》病院に遊びに行き病院長に、「毎晩生徒が泊りに来るのだが、校長は知っているのかな」というと、「君は何も知らんのか、のんきなものだ」といい、君の首に三百五十円の賞金がかかっている、といった。豆満江が凍ると対岸から排日匪賊がやってくる。どこからでもやってくる。彼らは師団長五百円、聯隊長四百円、朝鮮人を日本化する日本人教師に三百五十円の賞金をかけてねらわせていたのだった。

しかし生徒たちは何もいわぬ。一週間交代で二カ月あまり身辺の用心のために泊りこんだ。その指揮者が金鉄中であった。

金鉄中はそののち、「万歳事件」のときに憲兵によって殺された。「万歳事件」は日韓併合（一九一〇年＝明治四十三年八月二十二日）後十年目に起った。すでに先生が慶州に転任していた時のことで、鉄中の死は彼の弟錫中《ソクチュン》の手紙によって知らされた。鉄中は憲兵に引っぱられ、「朝鮮人ですから独立運動にさんせいです」と答えて、豆満江の川原で首を切られたのだった。弟たちは対岸の清国間島の龍井村へ抜け出して、ここから手紙をよこしたのである。

先生の朝鮮観の骨子は樽井藤吉の『大東合邦論』に近い。併合前の朝鮮の国情は、宗主国・清国の弱化にともない、露国か日本のいずれかをえらぶ道しか、現実的な立国の余地がなかったとみている。中野天門も内田良平も、その朝鮮と、天皇制下での平等合併をのぞんだのだが、軍部の台頭によって朝鮮は全くちがった植民地化へ追われた、と先生はいう。これでは朝鮮人はもとよりのこと、大韓国というあだ名をつけられていた先生にとっても意図をつぶされた思いは深かった。

「校長をはじめ教員は生徒についてデモをするのがほんとうだ。キリスト教の学校では先生方は生徒について歩いている。わたしはあれが本当の子弟教育だと思う。西郷隆盛が私学校の生徒について死んだ、あの精神が朝鮮人子弟の教育には必要だ」

当時大邱《たいきゅう》高等普通学校長だった高橋亨氏にそう語った先生は、一九三〇年（昭和五年）、慶州で朝鮮人小学生の教育を辞して、その妻や母たちの識字教育をはじめた。当時朝鮮人は早婚で初等科高学年になると妻帯者もいた。平均十四、五歳で少年は年長の妻をもっていた。従って年が経てば妾《めかけ》をもち妻妾同居も少なくなく、また妾の子弟はどのように仕事ができても、また努めても社会での地位は低く、あわれだった。

先生は教え子を集めて朝鮮人教育の矛盾をあからさまに語った。そして、まず、おかみさんの文盲をなくすこと、せめて商用に足る用算を身につけさせねば子供たちがかわいそうだ、といった。そのとおりだ、と教え子がいう。それならば君たちの妻君をうちによこしたまえ、子を負って来ていい、妻君だけではよこしにくかろうから、おかあさんもいっしょによこしたまえ、と念を押す。こうして夜二時間の学習がはじまった。一九三一年（昭和六年）から三年間つづけた。

先生が朝鮮人社会の矛盾のもっとも深い、家庭の女に光をあてたい、と考えはじめたのは、この頃が最初ではない。一九〇七年（明治四十年）に会寧に赴任した当時、日本で考えていたよりもはるかに未開拓で、住民は食料に窮していた。食物の知識が乏しく売買のすべてに無知で、ことあるごとにシベリア渡りの日本人たちにだまされるのを目撃した。朝鮮人教育は、この女たちに食物の栽培と料理の方法とを知らせることからはじまると思った。先に述べたように、芋先生と土地の人びとにあだ名をもらったのも、ばれいしょを北海道からとりよせてその植え方と調理の指導に情熱を注いだためである。

ところで、朝鮮における女子教育に日本人女性がおそらくはじめて当たったのも、この会寧であり、それは大坂金太郎先生と結ばれた錦織マサであった。

日本人民衆のアジア開眼は日本の国家の近代化と平行している。けれども人びとの開眼は必ずしも単一ではない。大坂先生と朝鮮とのかかわり方は今日からみるならば、それは国家悪と軌道を一にする。ちょうどいま生きている私たちが、そうであるように。

しかし、と、私たちは心で叫ぶ。叫ばずにはひとときも生きられない。先生もまたそうであったのを私はその温和なまなざしと静かな声のなかに見い出す。

錦織マサが朝鮮人の娘たちに、いわば近代ふうの教育をするようになったのは、ふとしたことからであった。一九〇七年（明治四十年）といえば、海を越えてはるばる朝鮮の北の国境まで行く日本の女は、めったにいるものではない。マサは島根県の安来《やすき》で教員をしていたのだが、会寧に裁判所が設置され、マサの縁者が判事として赴任した。これを見送りかたがた旅に出たわけだった。が、マサが帰国しようとすると、判事の妻が異国にとり残されるのは心細いので、マサが帰るならば自分も一緒に帰るという。

たまたま会寧の日本人会が十人ほどの日本人の子供の教育を大坂先生に依頼し、やむなく午前中は日本人児童を朝鮮家屋に集めて教え、午後は朝鮮人学校へ出ていた。そこで日本人児童の教育をマサに担当してもらうことにして、彼女はこの地にとどまった。

ところで会寧は貿易の町で、商人は日本や露国や清国へしじゅう出入りしているため他の地方の朝鮮人より近代化されている。彼らは女児にも教育を受けさせたいという。ことに自分の子供の教育には積極的で、女子教育は京城に梨花学院が一校あるだけなので、ぜひ地元に開校してほしいと希望した。そこで会寧女学校の名で女児を二十名ほど集め、公立会寧普通学校の女子学級として男子校と合併させて錦織マサがその教育を担当することにしたのである。

朝鮮の初等学校教育で男女共学制を行なったのは大坂金太郎先生が最初であり、また日本女性で朝鮮人学校で女子部主任となったのは錦織マサが最初であると思う。女子部では漢字・習字・算術・手芸を教え、すべてマサが担当した。女子部の第一回卒業生は七名。十四、五歳であり、一九〇九年（明治四十二年）三月二十五日卒業であった。マサ三十二歳。同校の職員は他に十六名。女子部の在学は年限を決めず、また入学年齢も決めなかった。その卒業記念写真にはおさげ髪をし、チマ・チョゴリ姿の少女が緊張して並んでいる。卒業した少女の中には京城へ出て養蚕養成所へ入り、のち養蚕の教師になったものや、私立学校で日本語の先生になった者などもいる。その中の一人はマサたち家族が敗戦後引揚げた日本へ、旅行途上に立ち寄ったりした。

錦織マサは島根県松江の出身。養子を迎えて結婚し子ども一人生まれたが夫に先立たれ、教員の免許をとって安来で教職についていた。その休暇中を従妹の移転にともなって来て、朝鮮人教育にふみこんだのである。

女子部の第一回卒業生を出したのは日韓併合の前年であり、同年十月伊藤統監は間島問題交渉に出かけ、ハルビン駅頭で安重根《アンジュングン》によって射殺された。間島貿易団体の多くは会寧にあった。ここはウラジオストックとの交通がさかんであって、京城より開けた面があり、物資の交易は会寧と連絡をとってから行なわれていた。交易にはロシア紙幣および清国紙幣が使用されていて、日本紙幣は使われない。日本軍は軍の方針として日本紙幣を使用させんとした。一般的にいって会寧では日本軍に対する反感はまだ表面にあらわれなかった。それは一個師団入っていた露国軍を国境外へ追ってくれた日本軍というわけであったから。しかし日常用品のほとんどはロシアのものであり、冬は凍った豆満江をわたってウラジオ方面へ多くの人が交易に出かけていた。

当時の日本軍は朝鮮民家を半分区切って借用して入っていた。国境の家々は大きな瓦ぶきの家が多く、その大きく広い民家に半分は兵隊が、半分は朝鮮人の家族がくらしていた。

一九〇五年（明治三十八年）日露戦争の時、この地に日本軍が入って以来残留していたのだが、朝鮮人は口々に日本兵は貧乏だ、といっていた。ロシア兵は金持ちだった。ピアノも持っていた。バイオリンも持っていた。日本兵は持っている者はいないので、みんな貧しい、といった。

この国境地域の人々が、李氏朝鮮に対してもっている意識は、他地方の住民とかなり違っていた。上代は咸北地域は女真族領であって、女真族が土地の住民として住みつづけていたことが、その原因の一つになっているのかもしれない。すでに朝鮮人に同化していて久しいが、体格容貌よく、開放的であり実力主義的な気質をもっていて、先生は日本の北海道的な気風が濃かったといわれる。朝鮮の伝統的な身分意識に拘束されることが少ないとのこと。ところで同化した女真族のほかに、国境には李朝初期に豆満江ぞいに鎮台が六カ所置かれ、ここに南の新羅人が配されていたため、その子孫も少なくない。この子孫たちが、また開放的だった。この茂山《ムサン》・会寧《フエリヨン》・鐘城《チヨンソン》等の六鎮に配された新羅人は、配置時の条件として一種の治外法権を李朝から得ていた。それは、官吏にはしないが生活の全般にわたって、朝鮮人が規定されているところの身分的拘束を解く、というものであった。たとえば衣服に定められている階級的な色のきまりや人間関係にこまかにきめられている長幼の礼などというものである。そこで彼らは日常を自由にふるまっていた。その名残りが当時も色濃かった。

なぜ鎮台に南の住民である新羅人をつかい、またこの配慮を行なったのかといえば、李氏は高麗系の住民を信じがたかったからである。李氏朝鮮が高麗王族を済州島へ流すとみせて舟に乗せ、そのことごとくを殺したという伝承は、鎮台に彼らを配置するのをためらわせるほどの反感と、不服従の心情を残していた。

＊

大坂金太郎先生の話はもの静かだが深くて、ノートをとる私の手におえないことも少なくなかった。私は明治のひとりの若者が、国や民族や、また名もない人びとの人生について深く迷い、迷いつつ海を渡った遠い昔を、なまなましい現在と感じながら、百歳に近い先生の話に耳を傾けた。おそらくは私などよりも深く先生のそばにいただろう朝鮮の人びとのもとへ、先生をおかえししたい思いさえした。ほんの一時帰国のつもりで、むこうの人びとと骨折って集めた朝鮮関係の資料のことごとくは未整理のまま置いてきた、とのことであった。もとよりそのような私事を行き交わすすべは、今は、まだない。かつての朝鮮に足をふみいれた者たちには、贖罪の手がかりすら見つからぬ。

第二章　明日へ吹く風

大邱市の夜

一九八五年の二月の、とある日、私は韓国の町を元気よく歩いていた。風は冷たいが早春の大邱《テグ》市の中心街に若者があふれていた。日曜日は歩行者天国になるのだ。楽隊がデパートの前で演奏している。子ども連れや中年の男女も立ちどまる。

「にぎやかでしょう」

蔡京希《チエギヨンヒ》さんが私の腕をかかえこんで、にこにこしながら人波をわけた。

蔡京希さんは大邱にある嶺南《ヨンナム》大学校の師範大学日本語教育学科を卒業し、九州大学文学部の大学院に留学して言語学を専攻している。韓国と中国と日本との比較言語学だとのことである。私はたまたま九州大学の廊下で蔡京希さんと知り合い、彼女が金泉《キムチヨン》育ちで金泉女子高から大邱市内の大学出身者と知って体がふるえた。歴史の糸にたぐりよせられてでもいるように。金泉市は私がかつて女学校の最後をすごした町である。私はその場で、彼女の帰国の折に同行して訪韓しよう、と、心に決めたのだった。

そしてその夜、金載珍《キムジェジン》教授にお目にかかれたのは予期せぬことからであった。とある会食の場にいた私が、メモを繰っていたとき、教授の名と電話番号の書きこみがあるのをちらと見た三十代の韓国人が、驚いた顔で私を見返したのだ。表情が変っていた。

「なぜこのお方を知っていますか？」

私は、昔からの友だちだと答えた。

彼は教授の感動的な講演について話した。そして、その場で先生に連絡をとっていいかと言ったのだ。

私は予約したばかりの宿へ連絡をし、蔡京希さんへことわりを言って教授のすすめのままに、教授の娘さん夫妻の家庭に泊めていただくことにした。それは私が韓国の若い世代に会いたがったからだ。それ以来、旅館に戻ってからも、教授から何かと旅行について配慮を受けている。

金載珍教授はプロテスタント長老派の信徒になっておられた。教会の規定でやがて長老職に就かれるとのことである。

私に、ずっと昔の、少年時代の教授の姿が浮かんだ。私が小学生の頃中学へ通っておられた姿である。長老になられることは思いがけないような、自然であるような気がする。長老派教会では信徒代表の長老は、教職者とともに神の教えの宣布者でもある。

教授は微笑しながら、

「最近は何が専門なのかわからないほどです、神学にのめりこんで」

と言われた。

「先生の教会は遠いのですか」

「いえ、和江さんの宿の近くです」

「ああ……」

それは私が知っている教会ではあるまいか。解放前から建っていて、抗日のシンボルともなっていた赤いレンガの第一《チェイル》教会。その後も人権派の人びとの拠りどころとなっていると聞いた伝統のある教会だった。

日曜の朝、私が泊まっているオンドルの宿に、第一教会の鐘の音が聞こえて来た。

「先生が信仰をお持ちになったのは何かきっかけがおありでしたか?」

私は遠慮しながら問うた。

「二十年ほど前になりますか、母がある牧師の話を聞いて来て、泣きながらわたしに話しました、お前もぜひ一度聞いてみよ、と……」

「ああ、お母さまが……」

「親孝行のつもりで行きました。そしてびっくりしたんですね、それまでキリスト教の書物は読んではいましたが、聞いたこともない話でした。

その後、その牧師の話を、慶州で聞き永川《ヨンチョン》で聞き、親孝行の義理で聞いていたのが、いつのまにか一番前で聞くようになっていました。非常に人格的な牧師で……」

慶北大学校の経済学部の金載珍教授は私の父が慶州中学校の初代校長として、校舎の建設から立ち合っていた当時の、第一回生なのだ。私は同校の一回生については、数多くの記憶がある。

一九六八年に同窓生から父が招待されたとき、亡くなっていた父のかわりに私は慶州中高等学校の三十周年記念に参列した。そのとき大勢の関係者のお世話になったが、教授もその中におられた。ソウルでもお世話になった。教授は渡欧前だった。

過去の知人は私の心をつらくさせる。映像はさまざまな色調となって往来する。教授の信仰は若い世代の人びととはちがっていて、母上の世代ともども日本統治の歴史と無縁であろうはずがない。私は個人の聖域に近寄ることがはばかられて、沈黙し、話題をかえた。

金載珍教授は、この私を娘さん夫妻の家へ案内してくださったのだった。

「平凡な夫婦ですがサンプルの一つになるでしょう、遠慮なしにお泊まりなさい。そしてなんでもお聞きなさい。お役には立たないでしょうけど」

そう言って車を運転して、とある団地へ連れて行ってくださったのだ。

娘さん夫妻のことを記しておこう。

団地は高層マンションが幾棟も建っている新しい住宅地である。エレベーターを降りてノックをしたドアから、びっくりするほどかわいい女の子が顔をのぞかせた。色白の四、五歳の子で長い髪が肩でゆれた。母親の後ろからよちよちと寄って来た子も、その姉を真似て、おじいちゃん！　と教授にすがりついた。教授は目を細めて抱き上げると、ソファに腰をおろした。上の女の子が教授の耳に口を当てて何かささやく。女の子たちの父親も書斎から出て来て、私と教授へそれぞれ挨拶した。大学病院の小児科に勤務しているという。明日は研究発表の日なので今夜は徹夜でしらべものがあるとのこと、伸びやかな姿態とソフトな話しぶりが若々しい。

「お父さんが家にいると子どもたちがいつまでも眠らない……」

若い母親の金裕禧《ユヒ》さんがこぼした。

金裕禧さんは市内のカトリック系女子大の音楽科の卒業だった。二人の姉さんもお母さんも同窓だとのことである。部屋は暖房がきいていた。オンドル式に床下にスチームが通っている。部屋の造りは日本のマンションとかわらない。絵本の『バンビ』をひらいて子どもたちが読みだす。裕禧さんは友だちとの間で、子どもは二人が理想だと話していたそうだが、もっと若い人たちは一人っ子が理想だと言っているという。

「大学の入学試験にまで両親がつきそう男の子もいるんですよ、過保護が問題です」

彼女がそう言った。

「日本もそうですよ。この頃はもうあたりまえみたいになってしまって……。このマンションにいらっしゃる若いお母さんやあなたのお友だちが今一番関心を持っていらっしゃることは何でしょうか」

「それはやはり子どものことです。まだ子どもがちいさいので。友だちの中には結婚してから大学院に入った人もいますけど。わたしの姉はこの団地の別の棟にいますけどアメリカで暮らしていたので、英会話のグループを作っています」

「グループは作りやすいのですか？」

私は東京その他の都市のマンションを思い出しながら問うた。そのようなところではグループ作りは考えにくいからである。日本の都市では隣の家族のこともよく知らない。この若い夫妻が暮らしている団地は分譲マンションで、建坪六十坪の棟と、五十坪、三十二坪、二十八坪というぐあいに分かれて幾棟も建っている。十二階建てで全戸にセントラルヒーティングがほどこしてある。韓国のソウルをはじめ大都市に続々と建っている分譲マンションはみな冷暖房の設備がゆきとどいていて、オンドルのあたたかさになれている人びとに、その暮らしの近代化のよさを味わわせている。床がほかほかとあたたかいのだ。鍵一つで外界を遮断することができる。それまで大家族の伝統の中で暮らしていたこの国の人も、核家族だけで住む世代を持ちはじめたことになる。

「この団地の中にグループがいろいろありますか?」

「英会話や活花や手芸など、いろいろあります。わたしは子どもがちいさいので今はまだできませんけど。先日もバイオリンを教えてと言われましたけど、まだちょっとその暇がありません」

「あなたがバイオリンがお上手だということをどうしてよそのお方がお知りになれるのでしょうか」

「ああ、それはすぐにわかります、バンサンへのときに」

「バンサンへですか？」

「はい、毎月ありますから」

バンサンへとは何でしょうか、と私は金教授にたずねた。私たちの会話は教授がご自分の意見をまじえずにとりついでくださっていた。

「班常会《バンサンへ》と書きます。隣組の常会のことですよ。戦争中やっていたでしょう、日本統治時代の名残りですよ。あれはいいやり方だと政府がとりあげたのでしょう、毎月一回どこの班でも常会をしています」

「先生のご家庭でも？」

「しますよ。ソウルでも村でも」

「ああ、それでは韓国の地域社会のあり方が近代化したものでしょうね。日本が隣組の組織を作りましたけど、地域に合わなければ消えますものね」

「そうです。古いことはよく知りませんが、韓国の村はみんな親せきみたいなもので、娘の嫁入りのことから何からみんな集って決めていましたからバンサンへは不自然ではないのでしょう。政府はテーマを決めてやれと言いますが」

「ご主人も参加なさるのでしょうか？」

「聞いてみましょう」

教授は通訳に戻られた。

「はい、夫婦で集ります。コーヒーやお菓子をいただきながらいろいろ話しますから、すぐに親しくなります。たのしいですよ。誰が何が上手か、子どもはどんな塾に行かせているか、いろんなことがわかりますから。それでピアノを教えてくださいとか、バンサンへのあとでまた話をすることができます」

私は思わず吐息した。

日本にも地域自治会はある。行政の末端機構となっていて数々の回覧板がまわる。私の家でも隣組長を順番で担当している。常会は年に一回は、会計報告と年間企画を知らせるためにぜひとも開かねばならない。でもどこの家庭も男性は出席をしぶった。以前住んでいた町では酒と料理を並べて、花見と称して集ってもらった。それでもその席に女房たちが坐らねばならなかった。地域サークルによる地域文化の活性化などというスローガンが、自治体からも、また住民からも出される。それがそらぞらしくひびくのは、地域というものが四散している生産の現場と、すっかり切れているからだ。たとえば農漁村とかかつての炭坑町などは隣組の当番が駈けまわらなくとも、地域の集りは心の拠りどころとなっていたのだ。都市化がすすむにつれて、旧来の人間関係は機能しなくなる。そして新しい方法はなかなか生まれないのだ。

私は裕禧さんにたずねた。

「バンサンへに集るのは何軒ですか？」

「一階から十二階までの、玄関が隣合っている家どうしが一つの班になっています。ですからどこの棟も二十四軒ずつです」

「そのご家庭が毎月集るのですね」

「そうです。順番によそのお宅に行きます。夫婦で行ってゆっくり話しながらお茶をのみます」

彼女は長女の髪をなでながらにっこりした。

その後バンサンへについてそこここでたずねた。ソウルの最も現代的だといわれる江南《カンナム》区の高級マンションでもそれは毎月行われていた。釜山から船で行く島の中でも行われていた。金泉の蔡京希さんの家ではお母さんが焼肉をこしらえたりお酒を出したりして、地元の人びととの集りを何よりのたのしみにしておられた。それは村の伝統でもあるのだった。それでもソウルなどで共稼ぎをしている家庭では、いつも参加できるとは限らないし、また、茶菓子に配慮する主婦にとって心の負担になるとも言った。

ともあれ地縁血縁を大切にする心や、グループを作ってたのしむ暮らし方はいきいきとつづいているのだった。韓国には契という頼母子講《たのもしこう》のような私的金融が昔からある。幾人かが集ってお金を積み立てて、一人ずつ順番にその集った金を借りて使うのである。さまざまな契がある。以前は家を建てたり、結婚式用にしたり、牛を買ったりなどという大きな費用にも使った。一方では女房たちのささやかな行楽や男たちの賭けごとにも、それを目的の契を作った。わずかな金を溜め合う仲間は、金が目的ではなく親睦の持続のために契を組んだ。蔡さんの幼友だちがそうしているように。

この契は水脈のように暮らしをめぐっている。今は金融機関も発達しているけれど、グループ内での直接性がよろこばれるのか、それは消えない。地方によってはバンサンへ単位で積立てて各人の諸用に使ったり、あるいはこぞって旅行に出かけているのだった。

こうした共同体の伝統が、新興の団地でも大都市の住宅地でも毎月欠かさず行われるバンサンへの底を流れているのかと思うと、近代化のおくれというよりも地縁血縁を基盤とした生活の深さを強く感じた。それは行政の末端機構とか、地域運動とかという作意以前の歴史をしのばせた。そしてこのことは、女たちの生活を中心にしながら多くの人の話を聞くにともなって、韓国の社会の特色の一つとも思うようになった。

ともあれこの夜、私は愛くるしい幼女が、シンデレラや白雪姫の絵本を読んでいるそばで、裕禧さんにお母さん方の関心について更にこまかにたずねた。裕禧さんが、今二十代三十代の母親たちの関心は、子どもをどんな塾に通わせるかということです、と話してくれた。子どもが通う塾はとても多いのだ。進学のための学習塾は禁止されている。だから塾といっても勉強補強のためのものではない。英会話、弁論（発表力を養うため）、リズム動作、コンピューター、ピアノ、バイオリン、水泳、テッコン道《ド》（韓国の国技的スポーツ）、ソロバン、書道、画その他。さまざまな塾が幼児からある。

発表力を養うための塾というのは面白いと思った。

やがて教授が「ゆっくりおやすみなさい、明日の朝迎えに来ますから」と言って腰を上げられた。書斎から幼女たちのお父さんが出て来て、教授が押しとどめるのを、いえいえ、と笑いながら階下にとめてある車まで送って行った。女の子たちが、おじいちゃん！　としたって泣きそうになる。

私がシャワーを浴びている間に若夫人は寝床をととのえてくれた。枕元に水差しを置いてくれた。女の子たちが私におやすみを言ってから、父親の書斎のドアまで行った。そして扉に口をつけて、おやすみなさい、と、ささやくように言っている。中から返事が聞こえると、裕禧さんが細くドアをあけてやり、子どもたちは手を振ってから安心したように自分たちの部屋のドアの中へ消えて行った。もう夜はおそかった。

灯を消すと床下からぬくもりが布団を通して伝わってくる。戸外は凍っているにちがいないけれど、湯にくるまっているようにあたたかい。二重の硝子戸を通して、街の音がかすかに聞こえた。

ふっと、かつての訪問の夜が思い出された。十七年前のソウルの夜。あのとき、ホテルへ私を案内してくれた人びとは、部屋で雑談をかわしていたが、そろそろ時間だ、と言って立ち上がった。夜間通行禁止の時間が来たのだった。街は警備する兵隊たち以外、誰一人いなくなる。生活の音がしなくなった。

音が消えた夜は、やはり恐ろしかった。その恐ろしさは、知人たちがきれぎれに語った言葉の向うに、警察国家がはりついている恐怖だった。その頃、韓国の人びとは友人知人も血縁も互いに心をゆるせぬ他人となっていた。密告を警戒しあわねばならなかった。誰にも心をゆるせない、と、彼らは呪うように語った。秘密警察のメンバーは、いつどこにいるのか誰にもわからないのだ。そしてしばしば容共のうたがいで人びとは逮捕された。

しかし、それでも、北へ行って消息が知れなくなった家族を、肉親はなんとかして探そうとしていた。また、北で何がどう具体化しているのかを注意深くつかもうとしていた。日本に留学したり公用で出たりしていた者は、くふうを凝らして、マルクス関係の禁書を持ちこんだ。「持って帰ったろう、貸してくれ」という親友からの深夜の電話さえ警戒すると言った。とにかく全情況をつかみとりたい欲求は、きびしく制限されていたのだった。

つらく困難な時代をくぐりぬけて、民主化運動の成果は、夜も一晩中車が往来している街を作り上げている。私はほかほかとあたたかな布団の中で、南北の往来を断たれたまま四十年たった人びとの思いを、思いやった。統一時代の感情を知っている世代もおいおいにすくなくなっているのだろう、と思う。

半島の大地に立てば、北の国境には鴨緑江《アムノクカン》と豆満江《トウマンガン》の大河が流れ、河はそれぞれの神話を持ち、その先に中国大陸があるのだというはるばるとした思いが湧いていた。長く太い半島は大陸の気風と、海洋性とを、絶えることなく内部に還流し、島国の感性にはない悠揚迫らぬ感情を育てていた。それはこの半島が半島の特質を古代から生ききっていたからにほかならない。そうした歴史と大地が分断された。分断は陸の離島化を意味してしまう。

幼時の私を背負ってくれた女性の体臭が心に浮き上がる。土くさく海くさく、はるばると大陸を感じとらせた若い娘の背中。半島の精神。そのあたたかな息吹きが眠りがたい心にひびく。この半島を侵した植民者二世の四十年後の痛みとなって、鳥が通う大空があおあおとひろがる。

オンドル旅館

「旅行ですか」

ふいに声をかけられた。日本語で。

もちろん未知の人である。私はどぎまぎする。トウモロコシ売りの男が道の向うで椅子に腰をおろしてポケットに手をいれた。

「はあ……、ちょっと観光に」

なぜ日本人とわかるのだろう。

そそくさと人波に加わる。靴みがきの男女がブラッシを右手に大声で声をかける。通行人に。私もその中で安堵する。

小型の市場の中に入る。たちまち声がかかる。ていねいに揃えたネギ、大根、乾燥した野菜、キムチ、魚、肉。祝祭日用の菓子類を売る店。餅屋。すりぬけるように歩きながら眺める。売り手の女たちが、「いや、あれは日本人だよ」と韓国語で私のことを言う。「日本人？」「そうよ、歩き方みればわかるよ」

どうちがうのかなと私は思う。

美容院のドアを押す。

四人の美容師が「いらっしゃい」と顔を振り向けた。客が四、五人いる。私は髪を洗ってもらう。美容院のインテリアは美しいのに、この店はヘアシャンプーはしないのだろうかと思うほど洗髪の場所は粗末だ。美容室の裏手に道具小屋ふうの狭いコーナーがあって、ここが洗い場だった。若い助手が、「椅子に掛けて仰向いて洗いますか、それともうつむいて洗いますか」と身振りで言う。椅子ががたがたなので立ったままうつむいて洗ってもらう。彼女はバケツで湯を運び、水を加えて洗ってくれる。二回すすいでリンス。

セットをしてもらう。鏡の中の客たちがめずらしそうにこちらを見ている。客の一人がパーマをかける。洗髪しないで乾いた髪のまま薬品をふりかけたけど、彼女は自宅で洗って来たのだろう。私の髪にドライヤーを押しつける。その熱風が、オンドルで乾燥した髪をいっそう乾かす。そのあと、焼いたコテで形をととのえ出した。私の母が昔使っていた細いはさみのようなコテ。二人がかりで熱心にしてくれて獅子のようになった。

獅子スタイルで「コウマプスミニダ（ありがとうございます）」を言う。韓国の女性は「大邱《テグ》の女はあかぬけない」と言う。「ソウルと釜山《プサン》の女がカッコイイ」そうだ。大邱の女は一目見ればわかる、と聞かされたが、私もその一人にちがいない。九州から来たイモの親玉ふうにしてデパートに行く。新設のデパートには輸入品コーナーが広い。フランス製、イタリー製、アメリカ製など。ここの女店員は釜山やソウルのデパートやホテルのように日本語は使わないが、丁重な応対で気持ちがいい。ちょっとした買物をする。

地下の噴水のそばを通っていると、「アイゴ、寒い寒い」と女店員が駆け込んで来た。外は小雪になったらしい。地下の食品売場は日本のスーパーマーケットと全く同じだ。さっき通った市場の半分はここに入ったと聞いていたが、せっかくの魚も切り身となってタッパにくるまれている。肉も野菜も。冷凍食品、干物、加工品、調味料その他の棚から客はそなえつけの籠に品物をいれてレジへ運ぶ。市場では買物客が熱心に値段の交渉をしていたが、ここは客の姿も見当らずがらんとしている。市場ふうにおばさんが商品を並べたコーナーもあるにはあった。「安いよ」と言う。彼女はエビ・貝・小魚等の干物を売っていた。ナツメ、松の実などの木の実類を売る人もいる。魚屋にはカキ、ヒラメ、タチ、イカ、そして日本では東北地方で見かけるホヤがオレンジ色のごつごつしたボール状でころがっていた。屋台コーナーではてんぷら、おでん、巻ずしを売る。腰掛けも並んでいて手軽に食べられるようになっている。しかし寒いせいか、それとも地下食品売場の無国籍性は味けないのか、客の姿もなく店員が所在なげである。おそらく勤め帰りの女たちが駈けてくる食品売場なのだろう。

エレベーターでデパート内の食堂街へ行く。韓国料理店、中国料理店、洋食店、日本食店がある。いずれも市中の食堂より多少高価なようで人影がまばらである。ビフテキ八千ウォン、トンカツ五千ウォンというのはやはり大衆的な値段ではない。日本料理店の前にはいけすがある。店員はハッピを着ている。飾り窓のメニューは刺身、すし、てんぷら、天丼、卵丼、幕の内。私は韓国料理店へ行き、ビビムパプを注文する。

実はこの韓国式まぜごはんを先日他の店で食べたのだが、これは日本の五目ごはんのように具がまぜてあるのではなくて、冷し中華めん式にごはんの上に色どりよく十二、三種の具がのっているのだ。その中央に唐辛子味噌らしきものがぽつりとのせてある。それらを十分にまぜあわせて食べる。とてもいい味である。私は帰国したら家族に試食させてみたいと思い、その具を吟味すべく一人デパートに入ったのだ。

アガシ（娘さん）が持って来てくれたビビムパプは容器が工夫されていた。日本の釜めし様に火にかけてじりじり音がする金属の鉢を運んで来た。鉢がすぽりと入る同じ金属の鍋敷にいれて。

さて、私は、色どり鮮やかな具の個々の味付けを覚えようと一通り眺めると、トラジ（桔梗）の根などを一つ二つつまもうとした。と、つつっと寄って来たアガシが、「これはまぜて食べます」と言い、テーブルの上のさじでさっさっさと切れ味よろしくまぜ出した。あっ、と思ったが、具の種類と個々の味付けが知りたかったのよという言葉がわからない。

「おいしいですよ、ゆっくりめしあがれ」

アガシがにっこりし、おじぎをして去った。私もにっこりして、見廻すと、レジのアガシもウェイトレスの三、四人もそして客たちもこちらを凝視していた。まずそうな顔で眺めたかしらと不安になる。代金を払うときレジ嬢が、「辛くはありませんでしたか」と問うた。「いいえ、とてもおいしかった。ごちそうさま」

デパートのビビムパプは二千五百ウォン。でも先日民芸ふうなインテリアのナドゥリというレストランでは千五百ウォンで、ちょうどライスカレーとカレーライスのちがいのようだった。つまりその店では、具の盛り合わせとご飯は別々の容器で凝っていたし、もっと微妙な味がして、それにおまけがついていた。数種のキムチとスープ、冷たくひやした甘酒《タンスル》もデザートに出た。この甘酒はハレの日に主婦が家庭で作っていたものだという。

ナドゥリは若者の客が多い。韓国凧が壁面を飾っている。民俗劇のお面とか壺なども。中央があずまや風の作りになっていて屋根にひょうたんが這っている。あずまやの中も、そのまわりもテーブルと椅子である。サラリーマンや学生が、すこしふところがあたたかいときに、二人連れやグループでやってくる店だと、今年大学を卒業する若者が私をここへ案内した。彼はまだナドゥリで食事をしたことがないのか幾度か通行人にその店を聞いた。

「評判のいい店ですよ」

若者の気配りのまにまに行ったレストランを、私はすでに知っていた。この店が開店するとき料理指導に当ったのが旧知の殷永杓《ウンヨンピョ》氏の夫人金達永《キムダルヨン》さんだったから。彼女は大邱の主婦代表としてテレビの料理番組に出たりする。伝統的な韓国料理を今ふうにアレンジして、しかも大衆的な値で食べさせるこのレストランの基礎を作ったのは彼女だ。ビビムパプは五目ごはんや五目ずしが日本の村のハレの日に好んで作られた昔ながらの食べ物であるように、これも村や家々の祭とか家族の誕生日にしばしば作るごく一般的なハレの食べ物である。また、タンスルも子どもの誕生日とかその他の祝日に作るほのかに甘い飲み物で酒とはいえない。

ナドゥリのビビムパプセットはこの店で最も大衆的な一品である。他の料理も辛さをおさえたデリケートな味がする。殷永杓氏が、

「韓国のことわざに、妻の自慢をするやつはまるごとの阿呆、子の自慢をするやつは半分阿呆といいますが、家内は料理だけは上手ですよ」

と、当人は小鳥がついばむほどしか食べずに話されたことがある。彼は味にうるさいうえに、極端に食が細い。夫人は泣かされながら料理の腕を磨いたのだ。

韓国の都市はどこも食べ物店が多い。人びとは健啖である。日本人は箸でつまんでまずそうに食う、と彼たちは笑う。韓国の食事には箸とさじが用いられる。ごはんはさじですくって口へ運ぶ。家庭のしつけの一つに、ごはんを箸で食べるのは作った人に失礼だ、まずそうにみえる、しっかりとさじですくって沢山食べよ、というのがあるそうだ。ごはんはサバルという真鍮の深い鉢に盛り上げるようにつぎ、膳の上にサバルを置いたまま、すくって食べるのがマナーである。真鍮のサバルは熱くてとても持てない。

今回の旅で気づいたことの一つに、サバルの小型化がある。かつては真鍮食器を使う階層と安い白の陶器層とにわかれていたが、今回は薄手で小型の彩色磁器のサバルが一般化していたのだ。ニューセラミックのサバルも店頭を飾っていた。レストランやテレビの料

理教室では、日本の有田焼の皿をしばしば見かけた。健啖家の韓国は副食主義になっているのがわかる。このくにで食事は一般に、中国料理式に単品毎に皿に盛って出し、個人別につぎわけてない。各自は箸やさじを伸ばして食べる。量も品数も多い。夕食時の大衆食堂や焼肉店は壮観である。この韓国で殷永杓氏は例外である。日本の会席膳の前菜をつまむほどしか食べない。夫人の心配は尽きないが、彼は、

「料理は味、色、形がデリケートにミックスしたものでないと食う気がしない。食べたいという気分が湧かない。少食でも教師ぐらいはできるよ、教師なんて労働量はすくないんだから多く食ってなんになる」

と、ひょうひょうとしている。

「人の苦労も知らないで。ほんとうにもう毎日毎日とても気を使いますよ。一番工夫をするのがだしですね。それと材料。ビニールハウスの野菜が多くなって、味がとても落ちましたよ。ハウスものはつまりません」

彼女がそう言う。

韓国もハウス栽培が多くなったのかと私は思う。ともあれ彼の食の細さがレストラン・ナドゥリの味を生んだ。私はデパートの韓国料理店を出ながら、ふと、渡り鳥が空を行く

のを見ているような思いがした。自分のことである。なつかしい棲み家でであるように空を渡って来て、とある夫人の嘆きなども身近に聞いた。彼女が通学した昔の女学校のレンガ色が、スポットを浴びて渡り鳥の目に浮かぶ。

気分が静かに降下して行く。デパートの窓から見下ろす家々の上に。一面の屋根瓦の中にひときわ大きな楼門が聳えている。その楼門を眺める。遠い昔、倭人（日本人）の侵入に際して築いた城門と同じものを、近年復興させたのだ。ちらちらと雪が舞い落ちる。

眺めている私の背後で、幼児が何かしきりにねだっている。ごはんを食べてから買ってあげる、と若い母の韓国語が答える。

私は黙々とした思いでタバンへ行く。

男と女が話をしている。中年の男が一人、文庫本を読んでいる。詩でも読んでいるのだろうか、唇を動かし、口ずさんでいる。

雪はボタン雪になった。

渡り鳥が遠離《とおざか》る。ここは未知のくに、韓国の町である。

金達永さんと今度十七年ぶりに会ったとき、彼女は目が覚めるような鮮やかな、濃いピンクのチマ・チョゴリを着て微笑を浮かべていた。細い白衿が切れそうに美しくて、白いゴム沓《シン》をはいていた。服の色はエンジ色に近い深い色合いのピンクなので、日本の着物に使えば沈んだ色になるだろう。こんなに明かるく見えるのは肩から裾までたった一色でおったボリュームのせいだろうと、思わず立ちどまる。毛皮の白いショールを手に彼女は椅子から立ち上がった。

「あたしよ……、すっかり年をとったからわからないでしょう？」

「いいえ……、つい見とれてしまって。初めて見ましたよ、チマ・チョゴリを着ていらっしゃる方を。お元気でいらっしゃいました？」

「ええ、おかげで。韓国もすっかり変りましたよ。あまり急激に変ってしまって……。もうこんな服着る人もいませんよ」

「惜しいですね。ほんとうにすてきですもの。しっとりとしていて……」

チョゴリの胸元で長いリボンがゆらゆらする。そのリボンも同じ色だった。

以前女たちはチマ・チョゴリの色のとりあわせに細心の注意をはらっていた。目の覚めるような赤と黄をとりあわせたり、薄い空色の上下だったり、濃淡の紫だったりさまざまだが、どの布も単色で染めてあって日本の着物のように模様染や柄織ではない。原色や淡い色布を各自が組み合わせて着ていた。それは湿気のすくない、からりと澄んだ大気の中で、しっとりした情感をかもしていた。黄色のチョゴリに赤のチマを配し、チョゴリの胸にはチマと同じ赤い布で長いリボンを結んだのは十代の娘がよく着る配色だった。

今彼女は深い濃いエンジ色にみまがうピンクで上着もスカートもそして長いリボンも整えて、配色はわずかに衿の白と、ちらと見える沓の白だけである。彼女にも長い年月が過ぎて来たことを、私はその色どりに見る。ひかえめで、そして華やかにという韓国女性の配色と年齢にこめられた伝統を、なつかしく思い出す。そこにこもっていた情感が、鮮やかに浮かび出る。誰から教えられたものでもないのに、幼いころ目にしてきた色どりは、花々の持ち味がそれぞれ個性を持って思い出されるように、脳裡に浮かんでしまう。

私は彼女が、私のためにチマ・チョゴリを着て来てくれたことを思う。私たちは腕をとり合って町へ出て行く。

ほんとうに女たちはこのしっとりした服を捨ててしまった。大勢の女が行き交うけど、みな両脚を出して歩いている。韓服の優雅さは記憶の中にしかない。数年前のこと、私は日本で友人たちと雑談を交わしていたとき、「きぬずれの音というのは、もう今は韓国にしか残っていない布の音ね」という話が出た。「最後に残ったきぬずれの音のくにも、早く行かなきゃ聞けなくなる……」。そんな話を交わした。金達永さんと歩くと、さやさやと布がふれ合い、そのときの話を思い出す。

女の衣服にもそれにこめられた歴史があって、着物もめまぐるしく変転したが、韓服にも時代の反映があったなと思う。十七年前の訪韓の折に目にした当時の女の姿が浮かび出す。あのときは韓国は動乱ののちの困難な時代だったが、女たちは市場に出まわり出した新しい素材を身につけようと、レース地や地紋を織り出した布を晴着に求めていた。花模様の布も多くなっていた。そして、それらの布で作るチマ・チョゴリを、微妙に変型させてはやらせていた。

韓国の女のチマ・チョゴリは、スカートであるチマと、上衣であるチョゴリにわかれているのだが、そのチョゴリの丈がとても短くなっていたのだ。ほとんど腕の付根までの長さしかないと言いたいほどの短さだった。そして前と後ろの中央へ向かって裾線が三日月型に下ぶくれになっていた。袖はひじのあたりがふっくらとふくらんでいた。チマはひらひらとした一枚の布を巻スカートのようにしつらえて、ウエストで肩布につづいていた。それはいやが上にも優雅にみせるスタイルだった。私はかすかな戦慄をおぼえたことを記憶している。

というのも、同じチマ・チョゴリの民族服を、北の朝鮮民主主義人民共和国では、この上なく質実剛健に、直線的にアレンジしていたからだ。それは写真などで日本にも伝えられていた。上衣丈は長く、袖はきりりと筒型に、スカートはふくらはぎまでの短いものをギャザーもすくなくして吊りスカートにして着ていた。いかにも働き着らしい無駄のない形だった。この民族の女性たちが、ふくらはぎまでの足をみせるということは、かつて考えられないことであった。

労働着も長いスカートだった。丈夫な木綿布で作り、働くときには一本の紐を腰に結んでふくらんでいるチマをきりりと締めていた。きものの袖をたすき掛けするように。

北朝鮮へ日本から帰国した女性から、制度化された服装への嘆きを書いた手紙が送られて来たことがあり、建設過程のきびしさがうかがわれたりした。

まるでそのことへの反発のように、韓国では短い短い上衣と長く長くたなびく薄もののスカートが流行しているのである。胸高の巻スカートは、風が吹くとあたかもサリーがなびくように、ひときわ長くひるがえる。女たちの衣服にあらわれている戦後の分断が私にはひりひりした。それは内戦後の分断であるから感情が鮮やかにひびく。必要以上にたなびく薄布の服を見ていると、北への反発だけではないことが感じとれた。無言の挑発すら感じてしまう。戦時体制に準ずるといって過言ではない情況下で、夜の街を夜間通行禁止時間が刻々と近づくのに、まるでその制度に全身で抵抗しているかのように、優美な身のこなしでひらつくチマをおさえて歩く女がいる。夜の女ではない。

あのとき私が泊まっていたホテルまでやって来た女性もその一人だった。深窓の育ちといっていい女性だった。薄い布地のチマの片端をつまんでエレベーターから降りて来た。さやさやときぬずれの音がした。

私たちは別れてからのことを話し合った。彼女は夫を北へ連れ去られていた。一人息子がいた。

「お舅《とう》さんはお元気?」

「若い頃のお舅さんは美男子でいらっしゃったでしょう? とても変られましたよ。心も体も弱られました」

「ご一緒にいらっしゃるの?」

「主人のいない家でわたしは死ぬのはいやですよ。

韓国では女は再婚できません。再婚したくはありませんけど、このままおばあさんになるのがこわい。舅と姑に頼んで、やっと婚家を出してもらってわたしは息子とソウルで暮らしています。

わたしね、工場をはじめましたよ」

「なんですって？」

彼女はうっすらと笑った。

「韓国で女が一人で事業をする苦しさは日本の女性には理解できませんよ。

夫がむりやりに連行されてもなんにもできなかった。あのとき死にたかったけれど、子どもがいましたよ。

そのあと苦しいことばかりでした。お舅さんは一人息子が北にとられてすっかり弱ってなんにもなさいませんよ。わたしはなんにもしないで財産で食べておばあさんになって死ぬのはいやでした。チマ・チョゴリは破って棄てて、男になって働いていいから婚家を出してほしいと思いました。今日はこんなチマ・チョゴリを着ていますけど、わたしは男ですよ。そうしないとわたしの国では生きられませんよ」

彼女は、今夜はここに泊めて、と言った。通行禁止時間になった。彼女は安心したようにベッドに入って、風の便りに聞いたというその後の夫の話をした。外国人の私だからこそ話せる微妙な国情の中で、一人で堪えて来た女の悲しみがあった。実家にも帰らず小企業を営んでいる苦悩を語った。息子のことを話した。夫は北で家庭を持っていた。韓国の戸籍では彼女は彼の妻である。

翌日、彼女と散歩に出た。

かつての李王朝の宮殿にも行った。公園ふうに美しい庭だった。宮殿内の部屋にも入ってみた。あたりを見廻しながら彼女がささやいた。

「『朕は女が欲しい、早う参れ』と王さまが二号や三号に言った部屋ですよ」

解放後の韓国の法律は公務員が妻妾同居させることを禁じていた。別居の妾を持つことも禁じたはずである。以前は妻妾同居はめずらしいことではなかった。彼女はそうささやくと、すたすたと庭へ出て行った。春風が彼女の薄物のチマを吹き上げた。巻スカートのチマの片端がひらひらと横に舞う。チマと同じ長さの白い下着のスカートがゆらゆらする。背をまっすぐに伸ばして正面を向いて歩いている彼女は、仕事のことを考えているのかも知れないと思った。優雅なその服装は、女たちの本心をかくす作用をしていることを、私は知ったのだった。

あれから十七年、何も彼もたいそう変化した。チマ・チョゴリも見なくなった。女たちが捨てねばならない旧弊の象徴のように。

「もう宿母《シンモ》（お手伝い）になる女性などどこを探してもいませんよ。沢山工場ができましたよ。農村の若い娘たちは賃金は安くてもみな工場へ行きます。工場で働けないおばあさんが宿母になるくらいですよ」

あの当時は口べらしの娘たちがこぞって都市の家庭で働いていた。国内動乱のあとの生活のたてなおしは南も北も想像以上の困難があったろう。都会には失職者があふれていた。宿母となって結婚まで働いて、やめるときには家具と衣類をもらうのが確実な女の職場だった。

金達永さんが話す。

「考え方も変ってきましたよ。とてもとても変ってきています。一口では言えないくらいですよ」

「あなた方は恋愛結婚だったでしょう？　以前から二人っきりの新家庭で考え方も新しくて、お庭もバラの花がいっぱいで、とても新鮮な印象でしたよ。あの頃から変っていらっしゃったわ、お宅は」

「いえいえ、もうバラはやめました。わたしの所も、今は古い家庭ですよ。

お嫁さんが来た家のお姑さんがね、話をなさいますよ。嫁がお姑さんのことをシェパードとニックネームをつけたんですって。シェパードは犬小屋に入っていて一生番犬なんです。お姑さんはいつも家にしばりつけられているからあれと同じですって。お嫁さんは子どもを学校に出したらお化粧をして出て行くんですって。仕事や用事がなくても。毎日家にしばりつけられているなんて、考えられないってお嫁さんが言いますそうです。そして、うちのシェパードって夫の母親のことを言うんですって。シェパードがいるからわたしが留守をしても大丈夫って。

お姑さんが泣いていますよ」

金達永さんは私の腕をとってタバンへ向かう。体を寄せ合い、やわらかに腕を組んで歩く。

十七年ぶりで再会した殷永杓さんはやはりひょろりとやせていた。金載珍教授と二人で私が泊まっている宿までやって来て、オンドル旅館の室内を見廻した。

金教授が、

「ああこれならいい、心配したけど。シャワーは十分に使えますか」

と言った。

「大丈夫です、お湯がたっぷり出ます」

私はお二人にオンドルに坐ってもらった。殷永杓さんが、

「ホテルよりよほど気がきいてるよ。ホテルなんて伝統はないし、サービスはなし、金だけふんだくって格好つけるだけだ。この韓式旅館は日本のハタゴだね。しかし、これは現代の日本で言う連れ込みだな」

と言う。

繁華街の裏手の細道を入ったところに建つ四階建てのビルの中に、八畳ほどのオンドルの個室が並んでいるのだ。玄関がやけに暗い。それらしいムードと言えなくはないが、それにしては味けない。

「連れ込みですか、なるほど」

オンドルには淡いピンクの布団が敷いてあったし、同じピンクの枕が二個のっていた。私はその枕の一つの上にスーツケースをのせている。オンドルの熱にあたたまったスーツケースは何故か気になるから。

「いやいや、連れ込み専門ではないです。普通の旅館だけれど、まあ、兼業が普通ですね、韓国では」

「安いんですよ。清潔だし、お風呂もトイレもついてるし。テレビもあるし。私は机も貸

してもらいました。ただ韓国語しか通じない。それでもなんとか用は頼めます。朝御飯も頼みました。結構おいしくいただいています」

「いや、ここはいいよ、暖房も十分だ」

二人ともこもごもに言う。

「韓国の連れ込み専業はどんなところですか」

「風呂屋が兼業しているな」

と、殷永杓氏。

「お風呂屋さん？

なんだか日本の江戸時代の湯屋みたいですね。おもしろいですね」

湯女《ゆな》もいるのかしら、などと思う。金教授はただにこにこしている。

殷永杓氏はカトリック系の高校の教師である。

「ぼくは信者じゃないよ、ばかばかしい。何が神の救いだよ。権力欲のかたまりで。ぼくはクリスチャンの悪口ばかり言ってきたけど今だにクビにしないね。

ぼくは平教師。万年平教師で十分だ。世間的欲望はゼロだ。そうでないと言いたいことが言えんからね。そうでなくとも物が言えん社会だから」

その話しぶりは十七年前とすこしも変っていない。

「日本統治時代のほうが張り切っていたな、今は面白くありませんよ。あの頃は日本人のやつ根畜生、今にみておれ、とぴりぴりしてあばれていたけど、目的がはっきりしていたでしょ。苦しくても生き甲斐がありましたよ。ところがね、今は目的が面白くない」

私はつい笑った。

殷永杓先生はヒューマンでデモクラティックな人である。金載珍教授と中学の同級生で、互いに認め合っている点が私にもよくわかる。十七年前に私は大邱市内の殷先生の家庭でごちそうになった。女の子がいた。お手伝いの娘さんに服を着せてもらっていた。庭に一面にバラが咲いていた。社会科の教師であり、世界史に実にくわしい。また韓国の伝統社会にも。NHNのラジオのニュースを聞いて客観性を心がけている。

私はお二人にオンドル旅館を見てもらい、安心してもらって心が落着いた。なんとなく私の旅の心のありようがわかってもらえたような気がしたのだ。殷先生が言った。

「ぼくは無神論者ですよ。遠慮なくなんでもお聞きなさい。知っていることはなんでも話します。どこの国にも恥部がありますよ、他国の人に話したくないことが。しかし和江さんに役立つなら手伝いますよ。金君とは別の意味で役立つかもしれません。

和江さんが書いた『からゆきさん』は読みました。あれはね、学術的な論文ともいえますね、民衆の歴史の。国の裏面史というか。感動しました。あれだって日本の恥部の一つでしょ。なんというか、つまり、女を売って資本を蓄積して近代化へ向かっている。

何か疑問があったときはぼくには遠慮はいりません、何でもお聞きなさい」

ありがとうございます、と言いながら胸が熱くなった。一旅行者の私は見えるままの人間性、自分の心に反映するままの今日をこの目でみるだけで十分なのだ。

旅館では朝食が小型の食膳で運ばれて来た。この食膳は脚つきである。昔の日本の会席膳をやや大きく、細長くしたような形をしている。

御飯とワカメ汁が手前に置いてある。韓国式味噌汁が中央。これは釜めしの容器と同じ陶器に入っていて、まだぐつぐつ煮えつづけていた。辛そう。豆腐、シジミ貝、人蔘や菜っぱなど実沢山である。まわりに皿が並んでいる。焼海苔。ホウレン草のおひたし。キキョウの根の煮物。マヨネーズであえたサラダ。スルメの煮物。ゴボウのキムチ。ネギのキムチ。白菜のキムチ。生卵。そしてお茶。以上十三個の鉢や汁碗や皿が乗っている膳に箸とさじがそえてある。その脚つきの膳を両手でかかえて来た三十年配の女性が、「チャプ、チュセヨ（召しあがれ）」とにっこりした。

　彼女がドアを開けて入って来たとき、廊下をへだてた個室から男どうしが食事をする声が聞こえた。

　この旅館は女だけで運営している。玄関の受付けの小窓のそばに腰をおろしている女性が支配人。経営者はソウルにいるらしくて、三十代の女性が二人、支配人のもとで一部屋四百ウォンで旅館業を請負っている。一人当り十数室になるが、客が払った宿泊費の中から掃除のおばさんに月給を払い、トイレットペーパー、石鹸、歯ぶらし、歯みがきその他の備品を買う。住み込みである。

　二人の掃除のおばさんは通勤で、客の食事も請負っている。献立はおばさんが立てる。月給は六万ウォンだが食事の請負いで多少の利ざやが上がる。

　泊まり客はもうけが薄いので、ショートのアベックがいい。衛生具を売ると利率がいいそうだ。たまたま廊下を歩いていたとき、午後の食事を運ぶおばさんが開けたドアの中で、裸の男が掛布団を腰に巻きつけて坐っているのが見えた。女が見えない。オンドルはあたたかいので布団は薄い。それを毛布のように腰に巻いていた。おばさんは膝ですり入るようにして、脚つき膳を運びいれた。

この旅館の前にも細い道をへだてて似たような四階建ての旅館がある。朝何げなく戸外へ目をやると、コートの衿を立てて髪をかきあげながら三十歳ほどの男が出て行った。シャワーのあとらしく髪がぬれていた。黒いオーバーを着た二十一、二の女性も出勤する様子で、一人で旅館を出て行く。空は曇り空。旅館の前の小道は行きどまりで、奥にもちいさな旅館がある。やはり温泉マークがついている。このマークは戦後の日本の温泉マークのような赤線のしるしではない。バスルームつきのマークだそうだ。

ここからほど近いところに売春宿がある様子だが、夜になって探し歩く勇気と好奇心が出ない。特急列車の中で、黒人との混血らしいアメリカ人兵士と肩を寄せ合うようにして若い女が坐っているのに会った。ぶかぶかのパンツにサンダルをはいた二十二、三の女だった。英語が話せないのだろう、ほとんど話を交わさず、彼女はサンダルを脱いで坐席の上で膝をかかえてぼんやりしていた。ソウルをはじめ大邱にも米兵相手の女が住んでいる地域がある。日本と同じように駐留軍との出会いが生涯を決めてしまう女の人生がしのばれた。

伽倻山《カヤサン》の雪

高速道路を大邱《テグ》の郊外へ走り出ると、はるばると冬の田がひろがっていた。稲株のままであったり、耕してあったりする田には、緑色は見当らない。かつては麦が土をもたげていた季節だが、今日この頃は麦を作っても収益が上がらないので、韓国でも作らないのだという。やがてビニールハウスが延々とつづいているのを見る。

この日私は金載珍《キムジエジン》教授の運転で、教授夫人をはじめ殷永杓《ウンヨンピョ》先生夫妻とともに星州《ソンジュ》方面へ向かっているのだった。車はなだらかな丘陵地へ入って行った。冬枯れたくぬぎ林がきらきらと日に光る。

洛東江《ナクトンガン》の支流を渡った。川岸に高く低く自生しているポプラが梢を煙らせている。

「いいドライヴ日和だ、これは」

殷先生がジーンズの上衣にハンチングをかむってのどかに言われる。

私は恐縮してしまう。

韓国にやって来て、朝に夕にこのお二方の世話になり、今日は遠くまで出かけているところなのだ。

のどかな表情で案内してくださる二組の夫妻のあいだで、私は厚意をそっくり受取って、枯葉色にひろがる明かるい野面を見廻す。同族村へ案内してもらっているのだ。

同族村は先にもわずかにふれたが、四百年とか五百年とかの長期にわたって、同姓同本のヤンバン一族が村を形成して住んでいるところである。もっとも一つの血族が一つの村だけに住んでいるわけではない。その人脈は膨大な数にのぼるので各地に散在しているけれども、それらの中には近年まで昔ながらの血族が住み合っている村もあるのだ。あるいは二つか三つの姓だけで幾百年も一つの村を形成してきた村も残っていたのだ。

私は大邱で生まれ育ち、慶州と金泉にそれぞれ短期間暮らしたことがある。大邱では日本人ばかりが住んでいた町にいたが地元の人びとにも接した。慶州も金泉も農村部をひろびろと持つ町だったのに、農村のことはほとんど知らない。伝統のある旧家とも身近につきあいを持っていながら、その生活規範となる血族意識は外観として感じとるばかりだった。地名も言葉も日本語しか知らずにすごしたように、伝統的な暮らしの情念が個人を越えてどのように生きつづけていたのかを知らずにすごしたのだ。

閨房歌辞が嶺南《ヨンナム》地方の女性独特の表現様式だったと教えられて、たまたま嶺南で十余年の植民者生活をしてきた私は、その特異性をもうすこし肌に染ませて感じとっておきたいと思った。私には嶺南のヤンバン気質は、九州の熊本とか鹿児島とかの士族気質に似ているように思える。というのも、嶺南のヤンバンは中央政権である李王朝と一体化しているというよりも、むしろ地方郷士的な権威を保ってきたからである。私は植民地という祖国の風習をもたぬ地から帰り、九州の博多という町人の町に住んでいて南九州へ出かけてみると、今でこそその差は目立たなくなったが、以前は、ことりと時間と空間とが別天地となったような特異さを感じたものだった。すべてに封建的だった。ことに薩摩は異風だった。それは城下町の鹿児島以外に出城ふうに各村に武士を配して、農業をしながら地域人民を支配する郷士制度をとっていたから、村のすみずみにまで身分制と男尊女卑の倫理観がしみわたっていたせいだろう。私は数百年の昔へ足を踏みいれたような異様さを覚えたのだった。それは薩摩の支配層がもっていた儒教の倫理観だった。

それでも薩摩武士の儒教による支配もせいぜい藩制二百年余りで、維新後の百年を加えたとしても、韓国の同族村の歴史に遠く及ばない。薩摩では、洗濯物でも男女別のたらいを使い、竿ももちろん別だと聞き、呆然としたものだったが、韓国の伝統は七去の悪に支えられていて、それが日本の室町期にはじまった李朝以来つい近年までつづいていたのだ。そのどっぷりと頭上をおおっていた理念の象徴のような、同族の班村を一度は訪れておきたい。それをこの目で見て、そしてその伝統のプラスマイナスをかきわけて現代を生きている女性たちの心を感じとりたいものと、私は金達永《キムダルヨン》さん夫妻とタバンで雑談の折に話したのだった。もっともその村の伝統も一九五〇年には農地改革をし、選挙制度も敷かれ、農村も過去をぬぎすててきているから、昔のままの同族の班村があるわけではない。そのぬけがらが残っているにすぎないのだろうけど。ともあれ韓国社会の体質の最も特徴的な一面を知って、それに苦しみ、それにさからい、あるいはその内外でよろこんだり悲しんだりしてきた暮らしの内容が多少は感じとれるようになりたいと思う。

私がそんな話をしていると、金達永さんが、

「ほんとうに昔の女は家からほとんど出ませんでしたよ」

と言い、

「私の母もそうでした。母は修輪宅《スリユンテク》と村の名で呼ばれて、自分の名を呼ばれることはありませんでした」

と語った。

彼女は同族村の出身なのだった。その実家は、慶尚北道星州郡の修輪面修輪洞にあって、義城金氏《ウイソンキム》（本貫が義城の金氏）の中始祖の宗家であり、修輪洞という村は義城金氏ばかりが住んでいて、宗家の夫人は村の名に宅を付して呼ぶのが古くからのならわしだというのだった。中始祖とは、始祖以外に官吏となったヤンバンのことである。普通同族には幾人もの中始祖がいて、それぞれ直系の子孫が分派の宗家として中始祖を祀っている。村には中始祖の宗家とその血族が住んでいて、彼らは同族始祖の祭礼には中始祖の宗家ともども始祖の村へ出向くのだという。

「あなたの村をおたずねすることができますか？」

金達永さんはちょっと首をかしげた。

「バスが通っています？　バスがあれば一人で行けますから。ただぶらりと歩いて帰って来ますけど」

「バスは近くまで行っていますけど……」

村の家にはソウルから家族が避暑に帰るだけで、いつもは留守番の人がいるばかり、とのこと。

かなり遠いので……、と彼女は何かを思う表情になった。

にぎやかなタバンの中で、夫君の殷永杓先生が、

「まあ待っていなさい。バスは何本も通っているわけではないから都合よく動けんでしょう。なんとかなりますよ」

とおっしゃった。

私に、遠い昔、父に連れられて行ったどこかの村の大きな書院が目に浮かんだ。

「ここは朝鮮の寺子屋で、村の子どもたちがここに坐って、先生から勉強を習った。朝鮮は昔からこうした学問が熱心につづいていたのだ」

父がそう言って、大きな額を仰いだ。

そばに巨木があった。庭土がしろじろとしていた。

「なんじゃもんじゃの木だ」

父がそう言った。

記憶にあやまりがありはしないかと不安もあるが、子ども心に神木のように思われた巨木の、その名が、童話のようで面白かった。とても大きな建物だった。

おそらくどこか著名な班村の書院だったのだと思う。後に知ったことだが、班村には一

族の始祖の墓や祭礼の場があり、それを中心にして家々が建ち、儒学を教える書院や書堂が建っている。田畠や山林は村のまわりにひろがる。私が十七年前に訪問した村は他姓の人びとも交っていたが、幼時に世話になった女性の一族が、貧しいながら子弟たちへ漢文の素読を教えてきた村だった。南北分断につながった動乱の折に、その一族の青年はひそかに北へ行った。日本からの解放前後、書堂では解放への地下運動が一族内外の男たちによってはぐくまれていたのだが、そのことを、私は再会してささやくような対話の折に知った。青年の生死は不明のままだった。容共主義者は獄へおとされる渦のさなかだった。ほとんど目顔で話すようにして、私は数人と山へ登った。一族の土まんじゅうの墓が、いつもそこにあるからである。山へ登ると、乾いた川が遠くに眺められた。埃を巻きあげてバスが通るのが、これもかすかに見えた。山をくだりながら黒水晶に似た石を拾って持ち帰った。帰国して読んだ書物に、南朝鮮での反日解放運動のメンバーの多くは、旧満州から戻って来た金日成《キムイルソン》一統の運動理論によってほうむられたとあった。動乱のすさまじさを、「この柳の道で父は行方がわからなくなりました」といった声とともに思い出す。

あの村。藁ぶき屋根の家々が細道をへだてて寄りそうようにしていた。書堂はちいさいが瓦ぶきだった。私に会うとて、長いコートの白い正装で、一族の長は出てこられた。若者の多くは都市へ出ていて、女たちが集って私を食卓へさそってくれた。

まぶたに浮かぶ村である。

農地が宅地化して都市はまたたくまに村々をのみこんでしまう。

殷永杓先生夫妻と金載珍教授夫妻とがドライヴへさそってくださったとき、私はそれが星州に近い班村へのご案内だとは気づかぬほどだった。それほど自然にさりげなくととのえられた厚意が、車窓に眺める丘陵の、冬枯れの色の中からにじむ。とんでもないことになったが、もうひっこみがつかない。小石の河原から数軒の農家があるあたりへ細道がつづき、黒い山羊が遊ぶのが見えた。

金載珍先生の夫人は数日前、買物帰りに気分がわるくなって休養をとっておられたのに、にこにことして苦痛の色も見せられない。

「なんにも心配はいりません。こんな機会ででもなければ揃ってドライヴするなんてことはありませんから」

教授がハンドルをとりながら言われる。

殷永杓先生が、

「おまえの講義も信仰もあやしいもんだが運転技術だけは認めるよ」

と、教授をからかう。

早春の薄日和の午前だった。

「お父さんのお墓にお参りできてちょうどいいです」

金達永さんがくつろいだ声で言う。宗家である彼女の実家の人びとは全員村を離れているという。ソウルや大邱やアメリカで暮らしている。村の家には他姓の留守番の家族がいて、いつ帰郷してもいいように、家や畠をみてくれてはいるけれど、そこはもはや生活の場ではなくなっている。彼女も子ども時代に両親とともに村を出ている。従ってかつての班村そのままの暮らしは彼女も知らない。まして李朝期の名残りなど今はまるでない。こうした班村に対して、日本の村々のように地主や自作農や小作農たちがいくつもの姓を雑居させている村はずっと多い。幼い日の私が遠足の折に見かけた村のほとんどはそのような村であったと思う。そうした村の村祭では、仮面劇が盛んに行われて、ヤンバンの面をかむった者が農夫たちにからかわれる劇が多かった。しかしこれらの劇も昨今は民俗芸能として舞台で観る機会の方が多くなった。

高速道路は野山をつっ走る。時折村を望むばかりで、並木のヒマラヤ杉が美しい。イテリポプラの並木がつづいている道もある。白樺に似ている。幹が白く、こまかな葉裏も白っぽくてちらちらとゆれる。

金達永さんが、韓国の女は昔は夫と外出することなど考えられないことだった、と言った。でも、なんの権利もないようだったけど、それでも見えないところで実権を握っていたようですよ、と言ってお母さんの話を始めた。それはお父さんの病気が重くなったときのことだった。お母さんは一人息子と相談をして財産をみな息子名義に替えた。贈与税が高くかかるのを防ぐためだった。

「ところがお父さんがちょっと病気がよくなったときにしらべてみたら、みんな息子の名義になっているでしょう。お父さんは腹を立てました。そうしたら、お母さんがとぼけて、あなたがそうしておけとおっしゃったからしました、と言いましたよ。おそろしいばあさんですよ、ははは」

みなが笑った。

「女はいつもおそろしいよ」

殷先生が言う。

「日本でもそう言いますけど……」

「さっき話した閨房歌辞ね、嫁入りに持たせたなんていうことはありませんよ、あんなもの。持たせる人もあるくらいのものですよ」

金達永さんが私の質問を思い出してそんなふうに言う。

李朝時代の女に名はなかったというが、もっとも昨今の日本でも近隣の人の名は知らなくとも、和ちゃんのお母さんとか煙草屋のおばさんとか言いながら暮らしているので、昔の韓国でも不自由ではなかったろう。女たちの名のはじまりは日本統治の前後のころのことだそうで、そのころ女の子も学校へ通わせようとする先駆的な人が、その準備のために女の子に名をつけてやったのが嚆矢《こうし》とのこと。達永さんの名は父上が十八歳の折に十六歳の花嫁を迎えて以来、生まれてくる息子のために決めていた名だそうだ。残念ながら十年ぶりに生まれたのが彼女だったわけだ。

「待って待っていたのに、わたしが生まれて父はがっかりしたそうですよ。宗家ですから男の子が生まれないとたいへんですけど、その次も女、また次も女の子、その次も女で、四人姉妹の最後に息子が生まれて、母はほっとしたでしょうねえ」

男の子の名を付けられた達永さんは屈託がない。笑いながらそう話す。家族間での呼び名は永愛《ヨンエ》というそうだ。彼女に限らず、韓国の女性で男っぽい名を持つ女性に時折出会う。きっと似たような待たれ方をして生まれた長女なのだろうと思う。

「よかったですね、弟さんが生まれられて」

殷永杓先生が、

「名前の付け方だが、日本人はなぜ女に子を付けるのだろうな。漢字のくにの伝統は孔子・老子・荘子というように偉人に子を付けるのだが、どういう理由で子が女の名に入ったのかわからないな」

と言う。

「そうですね、平安朝のころは孔子のように、子《し》と呼んだろうと考えられているんですけど」

「しかし女の名に子が入った過程はわからないな」

「しらべてる人もいらっしゃるのでしょうけど……。庶民の女は、イトとか、ナベとか、日常的な名が多かったらしいんです」

「韓国と日本とは名前に対する観念がちがっていますよ」

「あらそうですか、教えてください」

私は助手席の殷先生のほうへ身をのり出した。先生の話は次のようだった。

韓国人の姓は、かばねで父系の血統をあらわす。藤原とか大伴とかの姓のように。しかし日本人の姓は、かばねではなく、うじであってそれは家をあらわす。韓国人は姓名でもって個体を認識し、日本人は氏名でもって個人を識別する。

　だから韓国人は結婚をして男女が生活を一つにしても姓名はかわらない。それは個人を父系の血統の証明である姓と個人名とで象徴しているから。しかし日本人は結婚をすると女性は夫の氏を名乗る。それは氏名でもって個体を表象してきたからである。つまり日本人は家と個人名とでもって個体を識別してきたからだ。

「戦後は必ずしも夫の氏ではなくなったのでしょう？　妻の氏を名乗ってもいいことになったと何かで読みました。しかし、日本人の名前に対する観念そのものには変化はないようですな」

「そうですね、なるほど……」

私は感心する。

殷先生夫人の永愛さんが、

「うちの先生は古いことばかり言うからきらい」

と、聞きあきた、という声を出した。

「面白いわ」

「めんどうな人ですよ、今の時代のいろんなことが気にくわなくて文句ばかり言ってますよ」

車は田舎町に入った。

日射しがあたたかなせいか、ペンキ塗りの平屋の店が並んでいる通りも、立ち話をしている人も、寝そべっている牛も、黄色っぽい光の中でのどかに見える。赤や緑の屋根瓦の家が多い。やがて町もとぎれて、そして道路も鋪装が終った。

金教授がたくみにハンドルをさばきながら家も見えなくなった一本道を車を走らせる。

「書も絵も、中国語も英語も、スポーツも万能でいらっしゃったのに、運転までお上手なのですね……」

私は少年時代の教授を思い出しながら言う。

左手は丘陵、右手は川であり、その川を越して田畠がひろがっている。田畠の遠くに丘陵が見える。その丘陵が遠くかすんだまま、大きな半円を描いてこの盆地を囲んでいる。

「母はこの道をかごに乗って家へ帰っていましたよ」

川沿いの道は近年になって車が通るような広さになったのだそうだ。このまま上流へ進めば左右の丘陵は次第に川に迫ってくるのだろう。その川上に星州はある様子だった。

「きれいな川ですねえ、澄んでいますね。水量もたっぷりあって美しいこと」

「大伽川《テガチョン》です。この川の水はいつも美しいんですよ」

「川上の遠くに雪をかむっている高い山が見えますね。あれ、伽倻山《カヤサン》ではありませんか?」

そうです、と永愛さんが答えた。

雪の山は青く煙った山々の上に聳《そび》えている。

「あれが伽倻山なのですね……」

なんとも清冽な姿である。温和な眺めの山野の奥に、盆地を収斂するように雪山が聳えている。

伽倻山は、はるかに遠い古代に、伽倻国がひらかれたことを私に思い出させた。それはあの山をめぐるこのあたり一帯のことなのだろうと思う。

「大伽川は伽倻山が源流になっていますからいつも澄んでいて濁ることがありません。昔はね、この道を歩いたのですよ。チマの裾に埃がかかるのに……」

白い民族服の男たち女たちがゆったりと川辺を辿る姿が浮かぶ。いい眺めだとみな口々に言う。

通る人もいない。車もない。風もない。青空がかすんでいる。冬枯れの丘陵が茶色い。

ひろがっている冬の田畠が白っぽい。
四、五人の子どもが川原で石を投げていた。
「村も見えないのにどこから来ているのでしょうね、あの子たち」

「遠くにちいさなのが見えるでしょう？　山の裾に。家がかたまっているでしょう？」

「ああ、あの遠く……」

「あの山の裾にいくつも村があります。その一つの、木が茂っている、あそこ。あそこが全斗煥《チョンドゥホアン》大統領の夫人の実家がある村ですよ」

「夫人も慶北の方なの？」

「そう」

殷先生が、この道路も政治道路だ、と言う。「それにしては鋪装がおそいですね」と私。

金教授が石ころ道のハンドルさばきに苦心される。

やがて石橋が見えた。金達永さんの父上が十年ほど前に自費で架けた橋とのことで、橋のたもとにテントが張ってありベンチが置いてある。バス停だそうだ。橋は義城金氏の村へまっすぐ向かう位置に架けてある。橋を渡るときに、川水すれすれにかかっているちいさな細い石橋が見下ろされた。手すりもない一本橋で、水かさがふえると水中に沈む橋だ。

ここに来るまでにそのような橋がきっといくつも架けてあったのだろうと思う。春ともなれば川から遠くの山裾までは一面の緑になり、やがて米が実るのだろう。

義城金氏の集落へ刈田の中の直線道路を山へ向かって行く。屋根瓦が折り重なるように集っている。百戸ほどだそうだ。

家々の間を通って山際まで行く。竹藪に囲まれた門前の広場に車をとめて静かな地面に降りた。楼門がある土塀の内から、あわてて中年の男女が走り出て来た。突然の訪問に驚いている。溜守をあずかっている夫妻とのことで、少年たちの姿も見える。

「どうぞ。誰もいませんけど」

そう言う永愛さんに従って四、五段の石段を上って門をくぐり、母家が建っている庭を横切って行く。更に石段と楼門をくぐって、大きな建物の前に立つ。軒下に輪山亭と大書した額がかけてある。

「この家は別宅として三十年ほど前に建て直したものです。ここは冬はあたたかで夏は涼しいものですから、ソウルからお父さんとお母さんが一年に何回か来ていらっしゃいました」

永愛さんが説明した。

「すばらしい建築だな、これは」

金載珍教授が太い丸柱を見上げて言う。

釘を使わずに木を組合わせて建ててあるそうで、障子が閉めてある左右の部屋の作りもしっかりしている。中央の板の間の奥にも、輪山精舎という額がかけてある。

この別宅が建つ前までは、昔のままの住まいが建っていたのだそうだ。そして歴代の族長はここで同族の子弟に学問を教えていた。

「貧しい学者で、武士は食わねど高楊子式のやせがまんで暮らしていたんですな、ここで」

殷先生が語る。私の記憶の中の大きな書院が再現する。

「このお家はすっかり以前とはかわったのですね」

「そうです。ここもその下の庭にも部屋が建っていました。昔の娘たちは嫁に行くまでこの敷地の中だけで暮らして、塀から外に出なかったのですからね」

永愛さんが想像できないという口調で言う。近所の家々も静かで人のけはいもしないほどだ。彼女の旧知の人はほとんど残っていないとのこと。

かわいい花嫁の話を聞いた。

日本統治時代か、それ以前のことか、この家の娘がかぞえ年十四歳のときに、十六歳の宿母《シンモ》をともなって他村へ嫁いでいったという。夫は十三歳で、もちろん会ったことなどはなかった。

花嫁はかずかずの儀式ののちに婚家の人となったが、朝の大礼にも目が覚めない。

「起きなさい、お舅さん・お姑さんが待っていらっしゃいますよ。早く起きなさい」

宿母が一生懸命にゆり起こして、まだ目が覚めきっていない顔に化粧をし、服を着せ、膳をかかえさせて婚家の親たちが待っている部屋へ連れて行った。どうやら大礼をすませて個室へ戻ると、すぐに眠った。昼は時には夫と遊んだが、それよりも生まれた家へ帰りたくて毎日泣いていた。花嫁にかわって十六歳の宿母が夫の世話をした。花嫁は婚家で十代を遊び暮らし、二十三歳になって女の子を産んでようやく一人立ちした、というのだった。

彼女が結婚したくないと泣いていると父親が言いきかせたという。

「ヤンバンの娘は親の家にいる間は誰にも顔を見られないように外出もできない。外で自由に遊べない。嫁になれば遊びにも行けるし旅行もできるのだよ、そうしてやりたくて、早く嫁に行かせるのだ。婚家で娘時代を過ごせる女はとてもしあわせなのだ」

父親はそう話しきかせたという。

夫が年下だという十代の若夫婦は、一族の血の不滅を尊重する家々にとってごく常識的な結婚だった。どことなく『源氏物語』でも思わせるような早婚が、静かな山裾の村々でつづいていたのだ。

近日中にアメリカからこの宗家の誰かが一時帰国するらしく、留守番役の妻女が、ここにも寄るのか、と聞いている。

私たちは裏山へ登って行った。そこには祖先たちの墓があり、永愛さんの両親の墓もある。お父さんが存命中に築かせたという。その山へ登る。からたちの垣根が麦畑のそばの小道にあったり、竹藪があったりする。枯葉が散り敷いていて山道が柔らかい。五葉松がまじる松林が山をおおっている。細い流れがある。

「この土の層はずいぶん厚いな。柔らかでいい土だ。韓国は土の層が薄いのですよ、すぐに岩石になっているがここはちがう。

義城金氏はこの土の層を発見して、大伽川の流域を拓いたんだな」

金教授が山道を踏みながら言う。そして、くりかえす。

「これはとても恵まれた土です。このあたりは韓国でも早くひらけた地域だが、この土のせいだな……」と。

「日はよく当るし、風は避けられるし、土の層が深いなら何よりですね」

「ここの松は、松の実がとれますよ。大きな松の実」と、永愛さん。

山腹の墓にやって来た。まるで古墳のように大きな墓が二つ、一対の石馬と石羊とに守られている。石燈が高い。墓のまわりは草木が刈り取られて芝生の丘になっている。ふりかえると私たちが渡って来た大伽川の白い水流が田畠の先に眺められた。どこか遠くからコンクリートミキサーの回転する音が昇ってくる。

永愛さんが父上の墓にぬかずいた。

「話には聞いていたが、こんな大きな墓を実際に見たのは初めてだな」

金教授が言う。

殷先生が「格式としてはまちがっています、これは。民衆は石馬は使わない。墓標の上に石屋根をつけているのも、本来はしません」と言った。つまり王家の風習だったものだ。

先生がつづけた。

「これは高麗《コリヨ》大学校を建てた副大統領がいます、日本でいえば板垣のような人。その人の墓が高麗大学校にあるのを見て、義父が同じように作らせた。こういう墓を作る技術者がまだいます、年を取った人が。

この石燈は海印寺《ヘインサ》の石燈を参考にして作らせた。ろうそくを形どったもので、死後の世界も生前と同じで夜は暗いと考えたものでしょう、中国の墓にもある。石馬、石羊も」

永愛さんが、

「これを作って三年たってからソウルから父はやって来ましたよ。そしてここの芝生をはがさせて、階段を下りて行って、中に水がしみてないかどうか眺めました。作ったときも入ってみて、石棺に寝てみて、ああいいぐあいだ、と言っていましたけど、そのときも、ああこれなら大丈夫とよろこんでいました。

父が亡くなってから、子どもたちで母をからかいますよ。お母さん、はやく行ってあげなさいよ、お父さんがさみしがるからって」

彼女が墓を眺めながら話す。あたりはしんとしている。

芝生に坐って永愛さんが持って来てくれたべんとうを食べる。遠足に来たようだ、とみなよろこんだ。

金教授夫人はクリスチャンで、殷先生が、金君は教会教会と言っているが実際は女に会ってるかも知れないよ、と、からかってもにこにこしている。神さまが見ていらっしゃるからわたしはちっとも気にしないの、と、ほんとうに平和そうだ。殷先生が、金君のとりえは女房を大事にする点だ、と言うけれど、夫人はパーマのかかってない髪を断髪にし、おだやかで知的な女性である。韓国のキリスト教は同族村にはほとんど浸透していないといわれている。ここへ来る途中で、ちいさな村に巨大な教会が抜きん出て建っている所があったが、それは自作・小作農たちが住んでいる村だろうかと思う。

この義城金氏の村に教会はもちろん、ない。永愛さんは仏教の信者である。お母さんも妹たちも。私たちが雑談しながら食後のコーヒーを飲んでいる丘と、田畠や大伽川をはさんで真向かっている山の向う側に、やはり川が流れていて、その上流に著名な伽倻山海印寺がある。そこには八万大蔵経の版木が国宝として保存してある。ここまで来たのだから、海印寺へ案内しようと、みなが言ってくれた。高麗時代まで栄えていた仏教は儒教社会となって迫害されたが、先に記したように女たちを信徒としながら名刹は山中に寺院を残した。

この同族村の入口には瓦ぶきの塀をめぐらして、遠慕斎と書かれた祭祀の家が建っていた。切妻の屋根を持つ小高い作りの祭の家は、石段の上にゆったりと建っていて、ここで中始祖を同じくする子孫たちが集って祖先祭をするのだ。集る人びとはこの村に家を持つ人たちの何倍もいるのだろう。現在の宗家のあるじ、つまり永愛さんの弟は中央行政の主要なポストを占めていいて帰省はままならない立場にある。祭祀の形も簡略化へ向かっていくのかも知れない、などと想像する。

宗家の庭先に二日前に生まれた山羊の子が三匹遊んでいた。黒い山羊だった。牛も離れた大木の下の敷藁に寝そべって口をもぐもぐさせていた。

松茸が生える赤松の林が輪山亭の瓦屋根をおおうばかりに裏山に茂っている。山は手入れがゆきとどいていた。畠にも麦が青々としていた。韓国では族譜の発行は実に盛んなのだが、村史のことは聞かない。村の発展を綜合的にとらえて、その可能な限りの歴史を掘り起こすことは今後の仕事のようだ。同族村といえども山の松葉をかき集めたり田を実らせたり、日々の食事をととのえたり山羊の世話をしたりしてきた人はいたわけで、それらの人をはじめ、内房から出られぬ女も、そして村から村へとまわっていた商いの人びとも、すべてを綜合した村の機能を歴史的に知りたく思う。きっと今まで見聞きすることのなかった人間性豊かな厚手のある営みが見えてくることだろう。

それにしてもこの村から他村の家々は見渡せず、野がひろがり田がひろがっているばかり。星州の町は川上に行けば市も立つ都市として栄えているというけれど、同族ばかりが集り暮らす小社会は今の私にはやはりとてもさみしいことのように思える。ましてや市場に買物にも行けなかった娘たちの暮らしは。

私はその後、永愛さんの妹さんの家に行ったとき、父上の葬儀の写真集を拝見した。礼服をまとった大勢の男たちが、葬列に従っていた。美しく飾られた柩が人びとに担がれて橋を渡っていた。

この日、母上が織られたという麻、木綿布、絹の反物などを見せていただいた。現在八十五歳になる母上がかつて暇を見て織られたもので、いずれも白布だった。草木染で色布も織られたという。くちなしの実をくだいて薄く染めて黄を、濃く染めてオレンジ色を。鳳仙花《ほうせんか》でピンクや赤を。青い柿の実をくだいてレンガ色を。柿の実で染めた布は汗を吸収しないので涼しいから働き着に仕立てた。墨を薄く溶いて灰色。藍は育たないのだろう、藍染はしていなかったとのことだった。

妹さんの金淑子《キムスクチャ》さんは大邱百貨店の前で薬局を経営している。ソウル大学校を出て結婚、夫君を早く失った。息子二人・娘一人を育て、薬局のほかに食堂や貸ビルなども経営している。大邱薬師会の理事。自宅は高級マンションに、住み込みのお手伝いを置いて一人で暮らす。仕事で各国を動きまわっている。息子は物理学を専攻して今アメリカ在住。金さんの四人姉妹の子どもらは孫もいれて二十一人がアメリカに住んでいるとのこと。妹さんは切れ味さわやかな女性で、人間は生まれたときから独りですよ、独立して働くのはあたりまえ、子どもはどこへ行って生活してもかまわない、と語った。きっと歴代の内房の女の中にも、こうした認識を持つ知的な女性が幾人もいたにちがいない。

ところでこの行楽の日、私は伽倻山海印寺にも案内され、雪が残っている渓流の山道をたどって、山間に伽藍を連ねる李朝末期の寺院の静けさにふれた。国宝の八万大蔵経の版木は通風にくふうを凝らした二階建ての高楼の中に保存してあった。雪に煙る伽倻山を近々と仰ぎながら、労を惜しまずここまで案内してくださった二組の夫妻の心配りを痛いほど感じていた。

この日は三月一日、韓国の三一節《サムイルチョル》であることを私は始終思っていたのだ。三一節は一九一九年のこと、独立を求めるデモが全土に波及した日を記念した祝日である。日本の支配下にあった当時のこの独立運動は、民衆的規模でひろがった。その弾圧は悲惨なものであったことを、戦後私は知ったのだった。旧知の夫妻のこの上ない配慮が、こうした歴史を十分に踏まえた上での厚意であることを、語らずとも私は感じていた。それなしに雪かむる山腹まで連れ立っていただきたい思いは私に湧きはしなかったろう。

この日、金載珍教授がめずらしくご自分に関連した話をされた。その中に父上の若い日のことがあった。数年前の三一節の日に、教授は慶州市の式典に正客として招待されたという。何事かと思っていると、それは教授の父上が三一運動の慶州での指導者として行動され、逮捕された経歴の故だった。

「父がそんなことをしていたとは知りませんでした。何も話さない父でしたから」

教授はそう話された。

私は思い出していた。日本に引揚げてから、慶州博物館長だった高齢の大坂金太郎先生を松江市の自宅におたずねしたことがある。そのとき、先生が慶州における三一運動のことを話してくださった。それは小学校の若い朝鮮人の先生が指導者となって、同僚の先生方や生徒たちと万歳を叫びながら整然と市中を歩いたというものだった。リーダー格の先生は当人とあまり年齢の差がない生徒たちを連れて校門を出たという。小学校の生徒は年齢にかなりの幅があり妻帯者もいた当時のことだった。その先生が金載珍教授の父上であったのだろうか。教授は、「父はそのとき小学校に勤めていたそうです。まだ独身のときのことで、私が知っている父は永川でちいさな床屋をしていました」と言われた。

抗日運動のことなど口にできない情況となっていったのだ。三一運動は大邱では死者も出たことを後年知った。大邱だけで死者二百十二人。負傷者八百七十人。逮捕された者二千二百七十人。この中には信明《シンミョン》女学校の女教師もいた。金教授は何も話されなかったが、教授の母上はその信明ミッションスクール出身である。教授夫人も。妹や叔母、三人の娘さんも同校卒であって、年齢からいっても母上は同校の学生示威運動を少女時代にご存じであったと思う。

私の父と母とが当時の朝鮮に渡ったのは、三一運動の余波も収まった七、八年後のことになる。私が生まれるときに朝鮮までお産の手伝いに行ったという伯母が、現在八十八歳になっていて、私に話す。

「釜山に連絡船から上がったとき、えずうて（こわくて）ならなんだ。朝鮮さんがたくさん寄って来て、わたしの肩掛を、こうして撫でて、ほう！　て言うて感心した顔ばしんさった。初めて知らんとこさへ行って、ほんに、えずかった」と。そして、私は生まれたのだった。

近年のこと、金教授はご自分の族譜をひらいて慶州金氏の中世の祖の墓を故郷に探しに行かれたという。山全体が墓でうまっているような所に、ずらりと大きな墓が並んでいた。それは李成桂《イソンゲ》の子に殺された鄭夢周《チョンモンジュ》の子孫たちで、現韓国の大財閥一族の墓だった。驚くばかりの多くの墓が山をおおっていたという。その山の、池の横に細道があり、そのかたわらに自然石のちいさな墓があった。族譜に書かれている中始祖の墓だった。

「ああこれがじいさんの墓か、いかにも慶州金氏らしい墓だなと思ってね、しばしたたずんでいました。あそこの村には最初にうちのおじいさんが入って、次いで星州李氏が入り、のちに鄭氏が入って、金氏はおちぶれたのですな。墓がそのことをよく物語っていましたね」

私は隣国の歴史の中に起伏する村の変遷を、身近な人の心象を通して聞いてでもいるように、教授の話を聞いていた。

伽倻山の雪はひえびえとしていた。参詣人がちらほらと見えた。かつて恋愛中の殷先生と永愛さんとが散策したのもこの海印寺の庭だったことを、何げない話の合間に私は知った。

渓流が雪を割って流れていた。

椿咲く島

蔡京《チェギョン》希《ヒ》さんが金仁順《キムイムスン》さん宛に電話のダイヤルをまわした。彼女が今夜泊まるはずのお宅へ。

金仁順さんが会議のためにソウルに出て来ているということを、その日私は知ることができたのだ。それでなかば不安な思いで彼女の帰りを待っているのだった。彼女は釜山《プサン》から船で五十分ほど行った巨済島《コジェド》という島で、愛《エ》光園《グアンウォン》という知的障害で孤児の子どもたちの施設の園長をしている。そのことを金泉高女の同窓会名簿で知った。引揚げた者が苦労して同窓生の消息を探し出して作り上げた名簿だった。

「蔡さん、金仁順さんは私のことを覚えていないと思うの。ですから、あなたから話してください。『日本から来ている客が、あなたのクラスメートで、お電話したがっています』って、お願いしてみてください。会議でくたびれてるでしょうから、突然なことでごめんなさいと言ってちょうだい。どきどきして、私、すぐに話せない」

「大丈夫です、よくお話しします」

「森崎と言っても知らないと思うの、私は半年くらいしかあの学校にいなかったのだから」

「大丈夫ですよ。もう一度かけてみます」

敗戦直前の数年は朝鮮の全土にわたって朝鮮語を禁じていた。地名も日常の言葉も日本語を使うことを強いていた。姓名をも日本式に変えさせていた。私は金仁順さんをはじめ、朝鮮人クラスメートの日本式の名を覚えていない。面影だけが心に残っていて、愛光園の園長はあの人にちがいないとその顔を思いうかべているのだ。

大邱の女学校に入学して四年生の五月まで下宿生活をしていた私は、その後金泉に移ったけど、卒業前に進学のために日本に渡っていて、金泉の学校になじみがうすいのだ。というよりも、父のことが気がかりで心は鉛の重さだったから学校で友人たちとあまり話ができなかった。おまけに母を亡くした直後ではあり沈みきっていたのだ。

夜おそくなって連絡がついた。

「びっくりしていらっしゃいますよ。どうぞ」

蔡京希さんが受話器を渡してくれた。

電話の奥から夜がまっすぐ歩いてくるような、潮がゆっくりとうねりながら寄せてくるような、遠い昔が歳月のふたをあけてやってくるのを感ずる。

「もしもし、金仁順さん？　昔お世話になった同じクラスにいた森崎和江です。韓国に旅行に来ているの。突然で思い出せないでしょうけど、あなたのことを同窓会名簿で知りました」

「森崎さん？　どこにいるの？　どこからかけているの？　日本から来た？」

私の横に蔡京希さんがいて。不安そうに、うれしそうにしながら様子をうかがっていたが、安心してそばを離れた。金仁順さんが忙しい現実の中から渦を遡るようにして過去への入口を探しているのが伝わってくる。そばにいる誰かに、日本から、と言っている。

「日本語も何十年ぶりで。あなたの顔も出てこないよ。会いましょう、今夜はおそいけど近くにいるのならすぐに会いましょう。会ったらわかるのだから。どこ？　そこはどこ？」

私は過去からひととびに今の自分に話題が移ったのでうろうろした。金仁順さんがたまりかねて、「そこにさっきの女性いない？」と言った。「ちょっとかわって。スケジュールを決めるから」

こうして、私たちは二人の時間がとれる明日の朝早く、蔡さんに案内されて会うことにした。電話を置いて私は深い息を吐いた。

翌朝は春を告げるように小雨が降った。冷えているけれど寒くない。新羅ホテルの西欧人の泊まり客がさざめくホテルで、四十年ぶりに再会する金仁順さんはやっぱり私が思っていたその人で、白地に紺の細いストライプのチマ・チョゴリを優雅になびかせ、にっこりと手をさしのべた。

「顔を見たらすぐわかった、森崎さんよくいらっしゃいました。ほんとうによく来たのね。どうして私の宿がわかった？」

「巨済島に問い合わせてもらったの、朝日新聞社の支局から」

「ああ、新聞社ね、森崎さん元気そうね、昔よりもずっと元気そうに見えるよ。奈良女高師に行ったでしょ」

「いいえ、戦争がひどくなって父が許してくれなかった。奈良は知人が一人もいないから。福岡ならいいって言うので福岡に行ったの。でも空襲で焼けたのよ、学校は。ほんとうにいろいろとお世話になりました」

「お父さんは？」

「帰国して数年たって亡くなりました」

「校長先生も亡くなられた?」

「はい。父のかわりについ数日前、金泉《キムチョン》中学校に私は行って来たの。あなた方にもごめいわくかけました、何かと……。立派な学校ですね。あそこ」

「金泉? 金泉の中高校に行ったの?」

「ええ」

「誰かに会えた?」

「校長先生やみなさんに。校長先生はバスターミナルにも来てくださった。ついでに金泉女子高校にもご挨拶に寄ったの。蔡京希さんもあの高校の卒業生なのよ。よろしくね」

金仁順さんは十代の頃の面影そのままに、ふっくらとした丸顔に眼鏡をかけていきいきしている。第一線で多忙を極めているにちがいないのだが、私には少女期の落着いていた彼女の延長線ばかりが見えてくる。

「森崎さんと一緒に並んで校門を出て稲刈りの勤労奉仕に行ったのを思い出したよ。あの頃、体弱かったでしょう?」

「あなたはお勉強ばかりしてたわね。よく覚えてるのよ」

彼女は愛光園の仕事と教会の用事とが重なっている様子で、その朝もあまり時間がない。

同園の総務の崔起龍《チエギリヨン》氏を伴い、今夕時間の都合をつけるのでこのホテルでクラス会をしたい、と崔起龍氏にスケジュールの調整をたのんだ。二人はそれぞれの用務がぎっしりとつまっている様子である。

私たちは朝食をとりながら話す。戸外に煙っている雨が視界をさえぎっていた。金仁順さんが、「夕方の時間をあなたも都合をつけてよ。クラスメートに知らせてくるから」と電話に立った。明日巨済島へ帰るとのこと。

こうしてその日の夕方、私はふたたびホテルのロビーにやって来た。ロビーできょろきょろとあたりを見廻す。向うでやっぱりきょろきょろしている小柄な中年の女。ああああの人が来た、と思ったとたん私たちは抱き合っていた。ぽろぽろ涙がこぼれて安堵する私の背を、彼女も叩きながら、

「よかった、よかった。よかったじゃないの、会えて……」

とすすり上げる。

この人は印象深いものを残した人なのだ。黄英子《フアンヨンジヤ》さんだった。

彼女は私にとって朝鮮人のクラスメートの象徴のように心に刻まれている人で、明かるく率直で開放的な人だった。教室でもにぎやかに人びとを笑わしていた。その彼女が、あ

るとき運動場へ出て行く人波の中で、二言三言朝鮮語を早口に叩きつけるように言うと、両手を肩まで上げてひらひらと民族舞踊の振りをしたのだ。ほんの一瞬のことで誰も気づかぬような一齣だった。

私は胸を突かれ、反射的に父を呼び出しにやって来た刑事や中学生たちの一連のふんいきを思った。彼女はそのとき、それまで何か小声で真剣に金仁順さんほか一、二名と話し合っていたのだ。その踊りの手振りは、彼女の反時局的心情であることは、目にみえていた。私は自分が彼女たちへ共感を持ち、そのことに過敏であることを知っていたが、それでも本質的なことは何一つ知らずにいた。黄金教会のことも朝鮮語辞典のことも。けれども黄英子さんと金仁順さんなど三、四人はすこしちがっていたのだ。私のように不安の表面をただようのではなく、何かしっかりと、かたまりのようなものにつながっている重みがあった。それでいて陽気なたのしい人だったのだ。

「会えてよかったね……」

私の肩で彼女が涙声をくりかえす。説明のつかない感情だった。浪花節か演歌か、感情過多であるにすぎないのだろう。からみ合い、対立している民族の論理の根っ子は別々であれ、思春期をともにし、愛憎と原罪を感じ合うときの、切迫した感情はどうしようもない。日本人の旧友との再会とは異質の涙がこみあげる。

「よく来たね。あんたが作家になったことを知っていたよ。本も何冊も読んでいたのよ。うれしかったよ」

黄英子さんが言ってくれる。

「ごめんなさい泣いたりして。うれしくてどうしようもない。あなた、よくがんばって暮らして来られたわね。ご主人が動乱で亡くなられたのでしょ。娘さんはもう成人なさった？」

「上の娘はアメリカ、下の娘は大韓航空に乗ってる。もう教師もやめて解放されたよ、私も」

「私も子育て解放」

私たちは笑った。

椅子に掛けて、すこし落着いてから、私は思い出してたずねた。

「ソウルに来る前に金泉に寄って来たのだけど、あの町に黄金教会ってあったでしょ。牧師さんが思想問題で監視されていらっしゃったという教会。そのことを、あなたは当時ご存じだったのでしょ？　町の中の教会だけど」

ホテルには旧友たちはまだ揃ってはいなかった。

「黄金教会？　よく知っていたよ。あの教会の牧師は有名な学者だったのよ。アメリカ帰りの神学博士で民族思想家としてねらわれていたのよ」

「そうですってね。なんにも知らなくて……。その方の息子さんのお便りで最近になって知ったの。

息子さんはアメリカにいらっしゃるのね」

「そう。その牧師の息子の宋昇奎《ソンスンギュ》があなたが今朝会った金仁順の夫よ」

「え！」

私は絶句した。

アメリカからとどいていた幾通かの便りが心に浮かぶ。深い痛みが行間にこもっていた。中国との国境に近い北朝鮮の町が彼の故郷であり、そして、巨済島というこれは日本との国境に近い島が、あるいは彼らの新居であったろうか。

「彼のお父さんは動乱で北に連れて行かれて消息がわからないよ」

「そうですってね。……みなさん、たいへんだったのね……」

「人生はいろんなことがあるものよ」

「そうね……」

分断四十年ということの意味が、暗い海の波濤とともに浮かんだ。それが過去の、私の父や幼い日の私たちが暮らした日帝時代三十六年のうすらやみと重なって、私を口ごもらせる。人生はいろんなことがあるにしても、侵した立場とその反対の立場とはたいへんちがう。そして、個人の手が及ばぬ国家間の侵攻や分裂の重荷が、私ら世代には親世代から引きつづきのしかかっている。

「あの二人の間に生まれた娘も大学を出て優秀な学者と結婚して、今はアメリカで生活しているよ。もう金仁順も社会事業だけを考えればいいから心配ないよ」

「お子さんがいらしたのね、それはよかった。知的障害の孤児たちって気の毒ですね。彼女はたいへんな仕事をしているのね」

日本人である私は近代史の歪みを私の世代で一区切りつける気でいるのだが、宋昇奎氏がアメリカ国会図書館東洋書館館長として暮らしておられるように、韓国の友人たちはその子の世代とともに、民族の分断という大きな荷を担って別れ別れになっているのだ。

黄英子さんが快活な声で言う。

「ワシントンでゴルフをして来た、彼と。森崎校長先生の話も出たよ。ヒューマニストでいい教育者だと言っていた」

「そんなはずないわ。彼は彼の立場がありましたよ。私の父もそれなりに苦しんでいたけど」

「アメリカは自由だねえ。私の娘夫婦もワシントンに居るからちょっと旅行して来たけど、アメリカは広いよ」

「お嬢さんもアメリカなの？」

「主人が留学中だからくっついて行ってるのよ」

「あなたはお一人でよくお育てになったわね。ご苦労だったでしょ」

「泣いても仕方ないものね。前向いてたのしく生きないと。短い人生だからね」

「そうね」

「あんたの書いた本は読んでるよ。日本に行ったとき本屋で買った。うれしいよ、友だちががんばってるのはうれしい」

「日本で？　あなた日本にいらしたの？」

「時々行くよ。教師をやめたあと水産会社の手伝いをしているから」

「なんですって。あなたビジネスでいらしているの？　どうぞ、ぜひ、今度は知らせてよ」

私たちが立てつづけに話していたとき、連れ立って金東芸《キムドンイエ》さんたちがやって来た。

どの人も鮮やかに覚えている。

こうして何十年も経って再会してみて感動するのは、人間の個性は生涯変化しないもののようだということだ。見事に昔の持ち味のままだった。旧友たちはそれぞれめぐまれた家庭生活を送っているせいかも知れないのだが、年輪を刻みながら面影の変化もない。

なつかしくて、肩を抱き手をとり合って、出にくい家庭の主婦の座から出かけてくれた友人たちへ礼を言う。

「この人たちはかかあ天下だから大丈夫よ」

黄さんがまぜっかえした。そしてつづけた。

「私たちの間には国もなんもないよ、友情しかないよ。私のこの気持ちは女学校時代の日本人の友だちにしかわからんよ。自分の子にもわからんのだから。この前もね、日本から同級生が来てくれて集ったんだから。さ、早く友情に乾杯しよう」

黄英子さんは歯切れがいいのだ。

彼女は屈折する私の心をうながす。涙を払って案内に従う。ひろやかなホテルに韓国語や英語がさざめいている中で、日本語のグループがいること。私たちののちの世代にはもはや伝わらぬこの状態に深く安堵しながら、それ故になお深い旧友たちの心の傷を思う。

思い出し思い出ししながらたった一度のその年代の、外国語でとりかわす学窓の話。ここに流れているぬくもりは、日帝三十六年の侵略史の波に消え果てていくだろう。

「今夜はね、このお母さんのおごりだから大船に乗った気でたくさん食べよう」

黄さんが金東芸さんを見て言う。

金東芸さんは愛光園の理事や金泉女子高校の同窓会長をしている。夫君は金泉中高等学校の理事長。以前野党の国会議員をしていた。その邸を官憲がとりまいたことを日本で耳にした。同級生が金東芸さんをからかい半分にお母さんというように、女学校当時からものごとに動じないすっくとした気質を持っていた。人望のある家系に育ったのだろうと思う。彼女が、

「急なことでなんにもおもてなしができなくてすみません。このホテルがわかりやすいと彼女が言うからここにしたけど。今度いらっしゃるときは早めに知らせなさいよ。みんな暇だから観光案内するよ。外出のいい口実なのだから心配しないで知らせてよ」

と言う。「そうそう、いい口実だ」と一同が笑う。

裵俸仙《ペボンソン》さんは内気でもの静かな人だった。やはりそのままで、あの当時私はこの人とよく話をした。それは、鉛筆を貸してね、とか、この机から先に拭きましょう、とかいうよ

うな学校での日常の話だが。それは誰に対してもこの人が持っていた、ひかえめでいたわり深い気質のせいだった。

金貞淑《キムジョンスク》さんもよく覚えている。彼女の持ち味にはいつも幾人かの家族や親族のふんいきがともなっていて、多くの家族に囲まれて育っているような厚みがあった。その家族生活を全く知らないままなので、事実かどうかは別のことだけれども。その味わいは今度の再会でもかわりがない。ソウル大学校の医学部教授夫人というより家政に心を注いでいる母親を感じさせる。

にぎやかに私たちは会食をした。蔡京希さんも加わって。私たちはみな蔡さんの先輩なのだから、金泉女子高校の昨今のことなども話題となった。李朝時代の宮廷料理だというフルコースが、日本語のとびかうテーブルに運ばれる。淡白な味である。

心の中を音もなく涙が流れつづける。

韓国から、とある読者がよこした手紙が思い出された。それは日本人の中学校へただ一人合格させられた（と彼は書いていた。なぜなら優秀な成績の彼を日本人中学校へ進学させたいと、教師も彼のまわりの縁者たちもすすめたのだから。困惑したのは彼とその父親の二人だけだった）、かつての少年からの手紙だった。少年期の苦悩が、ことこまかに書いてあった。日本から旧友がやってくるときだけ、心の半分が開く、とあった。日本人の旧友たちは彼の孤独な心中を察する力が淡い様子だ。そして、韓国の社会では日帝時代の体験者は、ことに日本人との共学の経験者は、反日意識がひよわだと批判されて、解放後の生活は不如意なことが多く、若い世代は理解しようとしない。

私を囲んでにぎやかにしてくれる旧友たちの、胸の中へ、私の心に宿っている彼女らの若い日の断片をひとつひとつ取り出して返してあげたい。あの当時の凛然としていた憂いと、けなげな若さとを。

金仁順さんが、ぜひ巨済島にいらっしゃいという。動乱でソウルから巨済島に逃げたときに、戦災孤児の赤ん坊を預ったのが愛光園の発端だそうだ。彼女はアメリカ、カナダ、西ドイツ、ヨーロッパ諸国やアジア諸国の施設を見てまわっている。

「やっぱり一直線だこと。あなたは。中学生たちがあだ名をつけていたとおりの人生ね」

私は帰路その島に立ち寄ることを約束した。そして彼女たちに連れられて、ホテルの写真館で記念写真をとってもらった。

釜山港から連絡船に乗った。水中翼船で五十分で着くという。

曇り空の海は波もない。

ソウルでは雪も舞っていた三月のなかばである。波しぶきが窓に当って海が見えなくなった。巨済島の長承浦《チャンスンポ》に着いて連絡船を降りると金仁順さんがアットホームな表情で手を振っていた。

愛光園は船着場からすこし山の手に行った斜面に、子どもたちの宿舎や教室、リハビリテーション室、作業室、食堂や事務室などが階段状に建っていた。この山腹から港は一望に眺められ、その先に朝鮮海峡がひろがっていた。天気のいい日には対馬が上島・下島と二つの山を並べて山肌までよく見えるとのことだった。対馬はすぐそこなのだ。建物のまわりには椿やシュロの木が茂り、椿は赤い花を咲かせていた。北九州の風土によく似ている。山に育っている樹木の花をこの度の訪韓で初めて目にした。ソウル近郊はまだ山々は冬枯れの褐色をしていたし、大邱近郊は常緑樹の松やヒマラヤ杉のほかは野は枯葉色だった。東大邱駅で金載珍《キムジェジン》先生にお別れして列車が洛東江《ナクトンガン》に沿って南下するにしたがい、野はうす緑色になっていったのだ。麦畠に青麦も芽を出していた。畠を耕す人、肥料をまく人もいた。昔ながらの衣服の人も目にするようになり、青や赤のチマを着て丘陵もゆるやかな畠で小腰をかがめて働く女も見た。洛東江がゆったりと曲線を描いて流れ、小舟が澪《みお》を曳いて行った。春はもうそこまで来ている感じであった。

「この椿も松もやつでの木もみんな実生から育てたのよ。難民ばかりで山にはなんにもなかったから、どの木もみんな種子から育てた。いつのまにかこんなに大きくなったけど、初めは想像もできなかったよ、何も彼も」

金仁順さんが園への坂道を上りながら言った。

「一体何年やっているの？」

「一九五二年に嬰児院を始めてからずっと。三十四年になるのよ。六・二五の動乱でこの島は避難民がいっぱいでね、戦災孤児もたくさんいて、赤ん坊もいたわけよ。親は逃げて来る途中で死んで赤ん坊は誰かに拾われてここまでやって来たけど育てる人も場所もないでしょう、それはひどかったのだから」

「それで嬰児院を？」

「はじめは自分の子どもを育てるのと一緒に育てていこうと思った程度よ。誰か赤ん坊だけでも預ってほしいと言われたから。この山はそこもここも逃げて来た人の小屋がいっぱいあってね、今はなんにもないけど。

でもとにかく中に入って一度休みなさい。疲れたでしょう、旅行は疲れるよ。ゆっくりあたたまって。

あなたの部屋、あったかくしてあるからね。ベッドルームよりもオンドルがいいでしょう？　オンドルがなつかしいんじゃないかと思って、あたためてあるのよ。さ、早く」

彼女はゲストハウスの二階へ私を案内し、「ほんとにほんとに、よくいらっしゃいました。夢みたいね。私は今日も明日も仕事は全部職員に頼んで、すっかりフリーよ。すっかりプライベートな私よ。こんなことはちょっとないのよ。うれしい。ゆっくりしてね。今お茶を持って来るから」と言った。

ゲストハウスは大勢の人びとの寄付で建てられたらしく、彼女の母校である梨花《イファ》女子大の先生方の名や延世《ヨンセ》大学校総長白楽濬《ペクナクチュン》教授夫妻の写真や、その他幾人もの人の署名がちいさくそえてある品々が応接室や個室にいくらもいくらも置いてあった。私が通された部屋はほかほかとあたたまっていた。外光が窓からやわらかに射していた。低いソファにほどこしてあるししゅう、ソファと揃いの座ぶとん、螺鈿《らでん》細工の飾り棚や机、聖書、鉢の草花。そして海が光って見える応接間の壁にかかっているちいさな写真。一九五二年当時の嬰児院以来の建物の変転が数葉のモノクロ写真として掲げてあった。

急場造りの初期の家は動乱をしのぶに十分な、藁ぶきの土の家だった。それは家というよりも藁屋根があるだけの小屋で、硝子窓も板戸もない。莚《むしろ》がさげてある家が山腹に四軒建っているのだが、どの家も風雨にさらされて元の山土に戻りそうにしていた。戦災後の日本の町の掘立小屋が思い出された。この家々は二年後に木造二階建てと平屋の建物になり、そして六〇年にほぼ現在の形となって、以来二十五年を経た様子である。

「嬰児院を始めてから七百人の子どもがここを出たけど、みんな孤児だからね、子どもの頃はいいけれど年頃になって悩むのよ。結婚する頃にね。親がわからないのはつらいことだもの。

孤児たちも戦災孤児はしっかりしていたよ。大学に進んだ子もいるし、教授になった子もいる。けれど動乱のあといろいろな事情で孤児になった子はね、本人もつらいし、何かとむずかしいのよ。捨てられて孤児になったのだから」

「今は健常者の孤児はいないわけ?」

「いない。終生療養を必要とする子どもで精薄孤児が百三十名いるの。施設を作って保護するのが第一段階。あとで案内するけど、第二段階が物理療法や作業療法・音楽療法で再活をはかる。リハビリテーションよ。第三番目が特殊教育。再活も専門の職員がいるし、教育も大学卒で資格を持っている先生がいて六学級あるの。症状にあわせた学級。それから第四段階が職業指導訓練。この訓練で子どもたちが作ったものをね、バザーなどして売るわけ。売ったお金を一人ひとりの貯金にしてやるの。私がソウルに行ったのはそのことのお願いもあったのよ、アメリカ大使に会うって――いっていたでしょう、あのとき」

「障害のリハビリもたいへんでしょうけど孤児の将来のことを考えてしまうでしょうね。孤児で障害者だということはつらいわね。孤児になる子は多いのかしら」

「韓国の障害者対策はおくれているのよ。国の対策も一般の認識も。障害児を産んだ親が自分の家から遠く離れた所に捨てることが多いの。ソウルの者は釜山に。釜山の者はソウルに。そんな子を産んだ女は心がわるいからだと言うのだもの。世間や親せきが。捨てられた子で親元の様子がわかることがあるのよ。どんな家庭の子か。着ているものだとかで想像がつくの。財産のある家庭の子がいますよ」

「そんな時代がどこのくにでも長かったわ。女だけが泣いた時代が……」

「ほんとにあの子たちの母親は泣いてるよ。泣いて泣いて、誰にもわからないように家を出て、施設かどこかで生きるだろう、この子に生きる運命が授かっているのなら生きるだろうと思って、自分の家から遠い所に捨てに行くのよ。母親は一人で出て来るのよ」

「昔も見たわね、生まれたばかりの子どもが野原の中の細い川で死んでいるのを」

「なんぼでも見たね」

「日本に帰ったときにね、同じ話を聞いたのよ。今は人権意識が育ったようにみえるけど、この頃の日本では赤ん坊はコインロッカーに捨てられるの。母親から。でも、あなたがこうしていらっしゃることは私の目を覚まさせてくれたわ、ほんとに。あなたはたくさんの子のお母さんね」

「自分が産んだ子はアメリカに行って、もう母親の私はいらないからね。

これが私の娘よ、結婚式のときの写真。

この子の父親はね、金泉の教会の牧師の息子なの」

「私ね、行って来たの、その黄金教会に。昔のことを何も知らなかったから」

「あの教会に行った?」

「行って来たの。そばに小さな川があった」

「もう長いこと私は行ってない。ずっと島にいて仕事ばかりしてるもの。本も読む時間もないのよ。聖書も午前一時から三時の間に読むだけ」

「体を大事にしてね。とても元気そうだけど。若い頃のようにはいかないわ」

「自分が健常な体を持っていることがね、ここにいるとほんとに感謝されるの。神に感謝しているよ、私。感謝したら仕事をせずにおれなくなるのよ。

明日は木曜日で、子どもたちと一緒に礼拝をする日なのよ。精薄児で何もわからないけどヨーロッパの視察に行ったとき、礼拝させているのを見て、ああそうだと思った。一緒に神の前に行くことが大事だと。明日の朝子どもたちと一緒に礼拝してね」

彼女が娘夫妻の写真を元の場所に掛けた。ちいさな写真だが、それは部屋の中央に掛けてある。応接間の。私はその父親の話はしない。「手紙をいただいたのよ、アメリカから」と言ったきりである。

「手紙？」

「そう。私の本をごらんになったらしいの」

彼女がうなずいた。

個人の胸にはありあまる重い問題が、半島の北と南とアメリカとにとび散り、一点に収斂しがたいのを感じて私は写真から目をそらす。

愛光園で育ったという青年が運転する車で私たちは坂を下った。藪椿がそこここに咲いている。

段々畠に麦が育っている。その畠の道を車で登る。麦踏みをして働く子どもがいる。働く子どもを久しぶりに見た。牛も働いている。牛が曳いていく鋤《すき》から畠土がくるりくるりと起き上がる。黒山羊が畦道《あぜみち》で親子連れで遊んでいる。

春を待ちかねていた女や子どもが土手にしゃがんで草つみをしている。さすがに南端の島でどこよりも早い。車はでこぼこ道を登って、水平線の遠くに海金剛《ヘクムガン》と呼ばれる海上の奇岩が眺められる峠に出た。

「夏になったらあの海金剛を眺めに観光客が来るのよ。客は向うにまっすぐ行くのだけど」

「大きな島ね、ここは」

「二番目に大きな島。一番大きいのは済州島。町は船が着いた所と、あの山の向うにもう一つあるけど。この島もとても変ったのよ、ここ二、三年で」

もともと島には二毛作を営む農家と、近海で漁をする漁民とがいて、貧しいながらそれなりに自足した生活がつづいていた。平地はすくなくて思ったより高い山がひろがっている。この島に動乱のとき大勢の難民が流れこんだ。ソウルの人も、もっと北の家族も。

「捕虜の収容所も延々と建っていたよ。中国軍や北朝鮮軍の。山にずらーっと……」

難民にも食料はなく、捕虜にも食物はなかった。米軍が空輸してくる食糧で生きた。島びとも避難民も捕虜も。嬰児院の孤児たちも米軍のミルクで命をつないだ。言語に絶した時代だったろうとおしはかる。同じ時代を、日本は動乱に便乗して、敗戦からの復興をとげたと、韓国では語っていた。かつての訪韓のときにしばしば耳にした。日本を基地にして戦場となった半島に米軍が輸送され、日本の基地は往来するアメリカ兵で栄えた。戦地へ出かけた米兵を待ち暮らす日本の女や、送り返された遺体を縫い合わせる作業をした日本の男たちが、北部九州の基地の町にもいくらもいた。その頃米軍放出のミルクで日本の小学生も給食のパンを食べた。学校で髪の毛に米兵からＤＤＴをふりかけられて、頭のしらみを退治した。白くなった頭にふろしきをかぶって子どもたちがぞろぞろと下校していた。ちょうどその頃、この島では戦災孤児たちがミルクを飲みパンをかじったのだ。

金仁順さんが話す。

「この頃は島に大きな造船所ができて、村が町になってしまったのよ。農家も漁師も買手が多くなって景気がよくなったせいで、人情がすっかり変ってしまったよ。商売人になってしまった。畠を熱心に作らない」

「船着場から愛光園に来る途中も商店街があってびっくりしたけど。新興の町ね、あのあたりは」

「大きな資本がどかっと入ったのだもの、この島に。アパートがずらりと並んで三万人の従業員が造船所で働いているよ。農家も漁師もその人たちを相手に商売をするほうがいいからほとんど畠に出なくなったし、魚も熱心にとらないね。でもそのうち造船業も不況になるでしょう、今はいいけど。中国がやり出すから。そのときになって島の者があわてたら困るからね。

日本の八幡欣次先生を知ってる?」

「お名前はよく知っていますよ。大分県の大山町のお方でしょう? あの町は山の中なの。八幡欣次さんは山村農家の自活を考えて地域運動を指導していらっしゃるユニークな方ね。梅を植えてハワイへ行こう、とか、きのこ栽培とか、あの町は注目されている町ですよ」

「そう、その先生。その先生に来ていただいて農家のおばさんを集めて話を聞いたのよ。今のうちに村づくりの基礎を作っておかないと荒れるばかりで心配だから」

「あなたって人は、ほんとに……」

彼女は園からすこし離れた町の中に健常者の幼稚園も経営していた。

峠から園へ戻ってあたたかなオンドルに脚をのばす。

静かに風が渡って行くのが窓の外の木のさやぎに感じられた。

さまざまな曲折を経たにちがいないのだが、彼女は少女時代のままの意志的な生き方でわが道を歩き通しているのだ。女性の就職もひととおりの力ではやり通せない韓国で、社会事業家として能動的な活動をしている。七去の悪の感傷など、彼女のまわりからさっぱりと消えて世界的なレベルで生きている。世間の視線を恐れげなく踏みわたったにちがいない。

あたたまった部屋で十七年前にお目にかかった黄信徳《ファンシンドク》女史の面影がたった。ふわりとしたふんいきのおだやかな老女になっておられたが、黄女史は娘時代に東京に在学していて、三・一独立運動に関連し検挙され、その後女子教育を通して民族運動に力を注いだ方である。色白の、ものごしの静かな、やさしい方だった。

「日本の女性は結婚して夫の姓に変らねばならないのに、なぜ抵抗しないのでしょうね。その気持ちがわかりません」

などとふしぎそうに語られたが、女性の人権無視の伝統を逆手にとって、のびのびと自我を育ててこられた様子がしのべたものだった。故人となられたその女史の面影にどことなく似ている、と、私は旧友の落着いた応対をふりかえる。韓国の女性の中には傷つくことを恐れぬこうした人びとが市井人にすくなくないのだろう。

「うちの園長は政府や企業などとの折衝がとても上手です。説得力があるのですよ、あなたの友人の金仁順さんは」

私を案内しながら総務の崔起龍《チェギリョン》氏が言われた。

「信ずることを堂々と熱心に話します。ときには政府の要人をどなりつけます。障害児問題も孤児のことも国家がやるべき人権問題ですから。彼女の主張は正論で説得力があるから政府も知らん顔ができなくなるのですよ。それでしぶしぶ金を出します。敷地は確保できました。今向うにブルドーザーが入っているでしょう、あそこの山をカットして約二百二十坪の敷地を作ります。政府が二億二千四百万ウォンの資金を援助してくれることになりました。うちの園のほうで一億から一億五千万ウォンほど用意して合計三億五、六千万の工事です。そこに新しい建物を建てます。もうすっかり古くなりましたから。今建っているあたりの約百坪もとりこわして敷地三百二十坪に四、五年かけて施設を再建します。今度おいでになるときは立派な障害児施設になっているはずですよ。しかし建物を建てるのに約十億ウォンが必要です。予算はありません。でもやらなければなりません。園長は当分走りまわらねばならんでしょう。

子どもたちの寮ができたら次に学校を建て替えます。今の施設は精薄児のために建てたものではありませんし、古くなって十分なことができませんから」

椿が咲く山道を崔氏の後ろに従って登った。子どもたちと一緒に朝の礼拝を終えてから総務の崔起龍氏に園内を案内していただいたのだ。建て増しをしながら経営をつづけた孤児院の歴史をしのばせるように、新旧の建物から建物へと階段やゆるい坂道が登り降りしている。この施設は社会福祉法人巨済島愛光園という。精神薄弱児（と、韓国では表現していた）の施設に切り替えたのは一九七八年である。

嬰児院を一九五二年に始めてからこれまでの間に約七百人の孤児が育った。その子どもたちの教育に関連して愛光職業訓練所や技術学校も建てた。地域福祉のために愛光託児所、基督病院、社会福祉会館を建てて世話になっている地元との結びつきを深めている。愛光ユース・ホステルも経営している。

ここで育った子どもたちは養子に行った者が国内・国外合わせて百七十余名。縁故者のもとへ戻って行った者百余名。自立して就業した者二百五十八名。

この自立児童のうち大学卒三十二名。高卒六十八名。中学卒が最も多くて九十四名。小学校卒六十四名。以上の統計はすべて一九七八年現在のもので、このとき精薄児が九十名いた。

　自立して生活する園出身者の職業は、金仁順さんが話していた大学教授になった人が一人、技術者十八名、そして小学校や中・高校の教師十二名。事業を始めた者も二十七名。事務員九名、技術を生かして働く者五十三名、労働者として雇傭されたり農業を手伝う者百八名、その他となっている。一人ひとりの進路についての関連者の心くばりがともなった。そして何よりも当人の苦悩が。

　こうした歩みがこの山腹を登り降りする建物にはしみている。ふりかえると、いつも海が町並の先に眺められる。

　船着場のある長承浦の町が商店を並べたり建築ブームを巻き起こしているのは、山の向うに造船所ができたからで、それまではこの島は静かな農漁村だったのだ。孤児たちはその村と海を見ながら育った。崔氏がコンクリートの階段を一、二段のぼって、とある建物に入った。

「ここは男の子の寮です」

　廊下を行く。部屋が並んでいる。

「一部屋に障害をもつ子どもが七人いて保母が一人つきそっています。今はみんな学校に行っています」

　部屋はオンドルだった。あまり広くない。壁に色紙で切絵が作って貼ってある。

「子どもたちが作ったのでしょうか」

「そうではありません。保母が自分で作って飾っているのです。この寮は一九六二年に建てたものです」

「当時はこの寮は健常者ばかりでしたのですか？」

「だいたいそうです。園内にはぽつぽつ精薄児もまじっていました。その頃はどこの施設もそうでした。近年になって障害児の治療と教育を中心にした孤児院の必要が考えられるようになって、うちはそれを引き受けることにして次々に受け入れて来ました」

　部屋には簡素なベッドが一台いれてある。保母用のベッドだという。片隅に便器が一つ置いてある。若い保母さんがオンドルを雑巾で拭いていた。白いガウンを着て。

「私らの運営の方針は前に申しましたように、まず収容保護し、二番目にリハビリをして再活をはかり、三番目に教育を受けさせて、そして四番目に職業訓練をします。それですから子どもたちは動ける者はみな、どうやらこうやら動ける程度の者でも、寝ころんでいてもいいから、全員教室へ行かせます。朝飯を食べたら全部行かせる。ここに残っていたらだめです。どこかへ毎日行かせます。ここに残っていると一生涯療養を要する者になります。よくないことです。わるいというより、それはよくないです」

子どもが出払った寮はがらんとしている。保母の一人に「どこから来られたのですか、巨済島の方ですか」とたずねた。

「釜山です」

二十四歳だという彼女がにっこりと答えた。

隣の部屋に寝ている子がいた。

「どうしたの」と崔氏。

「風邪ひいて今日は休みました」

高校を出てここに就職したばかりの保母が答えた。

「風邪をひいたか？」

崔氏が子どもの顔をのぞいて額に手を当てた。子どもがうるんだ目を開く。

保母たちはみな高校卒で、島外から来ているとのことだった。募集は高校や教会に依頼する。卒業して間もない娘たちが心を動かされてやって来る。けれども障害児に接するのは初めての娘たちである。一人で七人の子を守るのは重労働でもある。

「二、三カ月から六カ月でやめる娘もいます。一年未満で離職する者が六〇パーセントです。島の者は来ませんね、見学に来てたいへんなことを知っていますから。

教師は大邱大学校やソウル大の特殊教育科を卒業した者が来ています。この人たちは教員として国から給料が出ます。志望してこの教育に当っていますからとても熱心です。けれども保母が子どもとの生活になれるまでには時間がかかります。一般の就職と同じような考えで来る者もありますから」

女子寮にも体調のよくない子が寝ていた。若い保母が子どもたちの服の洗濯をしていた。私はまた、どこから来られましたか、と彼女に聞いた。大邱の近くの町だった。

大邱大学校を卒業して精神薄弱児教育に当っている朴正芬《パクジョブン》さんの言葉を私は思い出していた。彼女が次のように話したことを。

「子どもたちはとても純粋です。私を疑うことを知りません。子どもたちに純粋な人間性を感ずるときが一番うれしいです。物事はよくわからなくても、愛するということをあの子たちは知っています。とてもかわいいです」

朴正芬さんは共同で遊ぶことは下手だという子どもたち十四、五人を一人で相手にしながら、その子らが大人へと成長していくことを憂いていた。職のこと、性欲のことを憂いて、職業に結びつかない教育はおしゃれにすぎないと言っていた。女の子の生理の世話をしてやらねばいけないと言っていた。

「この寮は昔のままの寮ですから、障害児のためには何かと骨を折ります。早く建て替えて子どもも保母も生活しやすくせねばなりません。ヨーロッパやアメリカ、カナダなど、あちこち施設を見てまわりました」

「設備も大事でしょうけれど、何よりも保母さんたちの養成機関の必要を感じますね。保母さんの意識を育てることがご苦労でしょうね。高校では障害児のことは教えませんでしょう？　そのような友だちもすくないでしょうから。園長さんじゃありませんけれど、人権意識が全般的に育っていくことが大事ですね。それなしに障害児に接することはできませんものね」

精薄児施設としてはまだ創成期にある愛光園の苦労をおしはかる。障害児は、愛することと愛されることを肌身で知りいのちの支えとするにちがいないのだ。釜山で会った金文淑《キムムントク》さんの娘さんは今福岡にある九州芸術工科大学の大学院に留学中だが、身障者用の家具・工具のデザインの研究生である。その金美賢《キムミヒョン》さんは研究のために日本人の精薄児施設に通っている。

「かわいそうとか、同情では子どもの心はつかめません。わたしは外国人だからあまり言葉もかけられなくて初めは困ったけど、この頃は姉ちゃん姉ちゃんと抱きついてくれてとてもかわいいの。いたずらもするし。子どもには全身でぶつからないとだめですよね、一人の人格者として接しなきゃ。

韓国の障害児対策はまだとてもおくれています。でもわたしがお母さんの年になって自分で仕事をする時代にはきっと開放的になっているはずよ。障害者の人権に対する考え方もうんと成長しているはずよ。まあ、みててよ」

彼女は母親と私を前にしていたずらっぽく話した。若い世代が金仁順さんたちのあとにつづいていることを思う。日本のマスコミには、日本の、とある施設の子どもたちと韓国の施設の子らの交流のことなどが、時に報ぜられたりする。

愛光園が精薄孤児園として再発足したのは、園の条件がととのってから、というわけではないのだ。孤児園発足がそうであったように。他のどこにも行き場のない幼いいのちが捨てられつづけるから、それを引き受けた。引き受けたからには、社会の障害者認識がどのような程度であれ、預ったその日から、父親がわり母親がわりの心と手が必要となったのだ。たとえその心も手も未熟であろうとも。

「あちこちの教会からボランティアとして保母さんが来たりなさいますか」

「いや、そのようなことはありません。うちの国の教会は派閥が多くて複雑な点が問題です。ほかにもいろいろ問題はありますが。社会事業をする派は多いわけではありません。いつか教会から働きに来ました。社会事業に関心がない教会の教会員でした。その人たちは基本的信仰が大事だといいます。

基本的信仰、自分だけの信仰です。そんな教会から来たことがあります。そのときは困りました。教会のことにはとても熱心です。朝は毎日四時半から教会に行ってしばらく帰って来ません。帰って来たら居眠りをして子どもの世話はしません。うちは園長も私も長老ですが長老でも祈りに行くことなどできませんよ、朝から夜中まで仕事がありますから。あんたたちは教会のことはするが子どもの世話はできないのなら、神学校に行って伝道師になったらいいとその人たちへ言いました。私の経験からキリスト教徒は職場の人としてはのぞましくありません。信仰の持ち方によりますが。そこで私や園長が属している教会ぜんぶに手紙を出しました。そして幾人かの保母が来ました。保母を確保するのはたいへんです」

私たちは別の建物に入って行った。学校だった。学園長は中年の女性。教育歴の長い方だった。教室はたんぽぽとか、つばきとか、クラスの名がついている。絵を描いているクラス、ちぎり絵をいろがみで作っている教室、歌っている部屋、玩具で遊んでいる休み時間のところなどさまざまだ。部屋に入ると、「アンニョンハセヨ！」と子どもたちが大声で挨拶する。そう言いながら寄って来る子。手にすがったり抱きついたりする子ども。十数人の子どもたちの中央にいる男の先生や女の先生たちははつらつとしている。どの先生も若い。子どもたちは椅子に掛けて机の上に道具を散らしている。敷物だけのクラスもある。歩きまわっている子もいる。六学級ある。

子どもたちは乳児院からここに送られて来るという。主として慶尚南道の乳児院で育った子どもたちだとのこと。

リハビリテーションを中心にした建物では毎日順番に、機能回復訓練をしている。専任技士が二名。子どもの脚を曲げたり伸ばしたり根気よくくりかえしているところに私は出向いた。子どもが時折うめいた。

「子どもの状態によってすこしずつ訓練します。いやがる子もいますけど、でも私たちが手を貸さないとこの子どもたちはよくなりませんから。何をされているのかわからなくても訓練すれば必ず効果が出ますよ」

若い技士が手を休めずにそう言った。

食堂の近くには味噌や醤油がたくさん大きなかめにいれてある。自家製である。牧場もあってここで牛乳をとる。子どもたちの食料だった。これらに従事する人の中には愛光園で育った人もいる。簡単な事務の手伝いをしたりする障害者もいる。

「今後は中学校教育もするようにします。あと三学級ふやします。自閉症児もいますし、教室に出られない重度身障児の寮もありますし、私たちはたくさん仕事があります。急いで案内して申しわけありませんが重度身障児の寮に行って、次に職業訓練室にまわりましょう。そこで園長が待っているはずですから。園長が忠武《チュンム》市にご案内したいと言っています。この島と本土の間に大きな橋がかかっている所がありますが、その橋を渡ると忠武市です。私が車を運転します」

「いえいえ、とんでもありません。お二人が仕事をあけられたらたいへんです。ここだけでたくさんです。彼女に会いたくて来たのですから」

「まあ、彼女にまかせなさい。園長も何十年ぶりかで娘にかえってあなたとゆっくりしたいのですから。それで急ぎの用を片づけています。その間に私に案内を頼んだわけですよ」

崔起龍氏が食堂のそばの細い道を通りながらそう話した。そして重度身障児の寮へと降りて行く。寮の前の芝生の庭で中年女性が洗濯物をたくさん干している最中だ。窓から戸外へ顔を出している寮母さんもいる。

寮の中に子どもが休んでいた。

「元気か？　風邪はひいてないか？」

崔氏が寝ている子どもに声をかける。

「元気です」

中年女性が答えた。

子どもがこちらに目を向ける。七、八歳にみえた。

「年齢はもっといっています」

崔氏が言う。私は子どもにも保母さんにも声をかけられないまま崔氏について歩く。いつの日かここが孤児の寮ではなくて、身障児のための開放的な広場となるようにと願いながら。父や母や兄弟や友人たちがいつでもやって来る寮になりますように。ここから近くの町へ友人たちと散歩に行けますように。私には、捨てられて寝ている子の目の色が耐えがたかった。

坂道の植込みにしゃがんで、草をとっているのか植木の手入れをしているのかはっきりしない女が、沈んだ横顔をみせている。金仁順さんが、孤児たちは年頃になると悩みます、と言っていた言葉がよみがえる。大勢の悲しみや迷いをかかえこんで、それでもその日その日の心の平安へ向かってこの山腹の建物の中で人びとが生きているのだ。金仁順さんがわが子とともに育てていた嬰児たちは巣立って行ったが、避難生活の中でのちいさなきっかけはこういう姿で必要不可欠な機能を果たしているのだった。

彼女の独立した住まいはない。ゲストハウスの一階の彼女の私室に妹さんがおられた。妹の末順《マルスン》さんと二人で作ってくれたごちそうにあずかり、少女時代の生真面目だったこの人の赤い頰を思い出していたのだが、こうして園内を歩くとこの島でひるむことなく生きている様子が、増設を重ねている施設によくうかがえる。

職業訓練室はまだ新しかった。板張りの広い部屋の片側に、機織りの機が四、五台並んでいた。私も顔見知りになった娘さんが布を織っていた。金仁順さんが彼女と話をしていた。敷物に使う布のように見えた。上手に手足を動かしている娘さんに、「よく織れているのね、上手ね」と言う。

「この子はだいぶん貯金ができたのよ。売れたら貯金してやるの」

金仁順さんがうれしそうに言って彼女に韓国語で私の感想を伝えた。娘がにっこりした。

時折発作を起こすが園の手伝いもよくできる十代の娘である。

「まだ今からよ、ここの職業訓練は。いろんなことを考えているんだけどね」

金仁順さんが部屋を見廻した。ボランティアの女性がバザーのための下準備をしていた。

私は日本で、とある施設に行ったときに求めた木工品を思い出した。彼女がそのあたりの棚に収めたちいさな作品や机の上のパンフレットなどに目を通して、そばで働いている女性に指図をした。

私は金仁順さんに頼んだ。

「あなたはどうぞ仕事をなさってよ。私はここに来ているだけで十分にうれしいの。邪魔にならないように一人でゆっくりとこのあたりを歩いてるわ」

「また来なさいよ、そのときは放っておくから。今日は一緒に遊びたいよ。私が一日暇をもらっても誰も叱らないでしょう。いつも走りまわっているんだから」

彼女は私の腕をとって歩き出した。

「あなたの時間がなくて遠くへ行けないから忠武市の海を一緒に見に行くことにしたのよ。李舜臣《イスンシン》て知ってるでしょう?」

「知ってる。豊臣の軍隊を追い払った将軍でしょ」

「その人の号を忠武というのよ。忠武公が活躍した所だからそんな町の名がついた。あの海はとても美しいよ、島がたくさんあって。私もゆっくり遊んだことがないからすぐに行こう。島と忠武市の間に橋がかかっていてね。車で行けるよ。途中に造船所が二つあるけど見る？　造船所をどこかの町で見た？」

「いいえ。見てない。日本の造船業は韓国にとられちゃって、どこも不況よ。造船所を見せていただけるの？」

「行ってみたいなら頼んであげるけど」

「では、もう何も彼もおまかせしますよ、いいお天気だし、うれしい。

春らしい季候になったわね」

「あと一カ月もしたらチンダルレが咲くよ、山に。山がずーっとピンクになって」

「ああ、チンダルレね。山つつじでしょう？」

私たちは戸外へ出ながら話す。

「あと一カ月では咲かない、もうすこし先です」

車のそばで待っていた崔起龍氏が言った。

「もっと先？　そう？　いや、一カ月すれば四月中旬だから咲くでしょう。北の方はおそいけど」

崔氏は北に家族がいるとのこと。ソウルに来ていたときに動乱になり、ここまで逃げて来て帰郷できなくなった。子どもたちも成人しているはずだという。私たちは車に乗りこんだ。崔起龍氏が話す。

「チンダルレの芽がふくらむと山が一面赤くなります。うちの国の山は低い山が多いです。灌木で高い木はあまりありません。その山が春が来て緑色になる前に赤くなる。冬はごらんのように枯れています。緑はあってもものの数ではありません。それが、春になると一面にぼうっと赤くなる。チンダルレのちいさな芽が赤いからです。それが山全体を赤く染める」

「そうそう、そのときが美しいよ」

「花の頃も美しいがあれの芽がふくらむとき、あれをなんと言ったかな。つ、の、ぐ、む、と言いますか？

チンダルレがつのぐむとき、山全体がぽーっと赤くなる。それは感動的です。秋の紅葉よりも、みずみずしい。そして、やがて花が咲きます。桜よりもすこし濃いピンクに山が染まります」

「知っているでしょう?」

「それがあまりよく知らないの。山の近くにいなかったせいかなあと思って今のお話を聞いていた。

いつか春先に対馬へ行ったの、あれは三月末から四月にかけてだったけど、山に自生しているつつじを見ました。ピンクの花。朝鮮つつじだと地元の人が話したのよ、なつかしくてね」

「ああ対馬ね、すぐそこだからあの島でも咲くでしょう」

「対馬でね、韓国が見えるという北の端まで行ったのよ。敗戦後十四、五年たった頃だった。なんだかいろいろとつらくてね、その場所まで行かずにおれなかったのね。自分で自分を責めるのよ。あの海の向うの国で養ってもらった、って……」

「どこで生まれたの?」

「大邱よ」

丘陵を切り拓いて道路が島をめぐっている。この巨済島はかなりの広さだ。町が二つある。途中で金仁順さんは二、三の用をすませた。その間に愛光託児所を見せてもらった。韓国には夫婦共稼ぎ家庭の子どもを預る託児所は都市にもすくない。ここの託児所の子は漁民や造船所の労働者の共稼ぎ家庭の子どもたちだそうだ。三歳から五歳まで。人なつっこい子どもたちが歌の時間をよそに、ぞろぞろと寄って来て大きな声で挨拶した。年長組は図工をしていた。どの子もカラフルな服装である。リボンを髪につけた女の子が目立つ。給食作りのおばさんたちが蒸気で顔を赤くしていた。

山の斜面を拓いて、町はずれの海岸に巨大な造船所があった。大宇《テウ》造船所。従業員三万人。大宇は今韓国で代表的な産業グループの一つである。衣服の輸出商から出発し、七〇年代に重工業に進出した。ここのドックは百万トンで世界でも第一級のドックだと案内の青年が話す。崔起龍氏が、しかし造船の能率は現代《ヒョンデ》グループの造船所のほうが二倍くらい高い、と言う。ともあれ百万トンのドックというのはすごい。巨大なビルの頂上から地下街でものぞくようだ。この広い構内を車で走る前に、資料室を一巡し、世界最新の技術で作ったという幾艘もの船の模型や図面を見た。石油ボーリング船が面白かった。アラスカ沖で採掘に使われているという。既存の採掘様式では埋蔵量の七〇パーセントしか採れないので、海水を処理して淡水化し、その水を海底油田に注入して残りの三〇パーセントを浮上させて採取する。その海水処理場を持つ船は、海に浮かぶ工場のようだった。船のオーナーはどこの国だったか記憶がうすれた。

この造船所のまわりは山と海である。渚に沿って曲りくねっている道路が長承浦の町をへだてている。開発はなおすすむのだろう、政府による造成地作りのブルドーザーが数台で山を崩していた。すこし離れて山の中ほどに従業員団地がある。また、子弟のための小学校、中・高等学校、そして外国人技師の子弟用のスマートな学校と住宅団地がある。マーケットやホテルも。ここ一帯はアメリカナイズされた別天地なのだ。大宇株式会社グループによる建造なのだろう、小学校は赤レンガ建ての瀟洒なもの。社長夫人の寄贈によるインカ遺蹟の写真やペルーの産物が校内に飾ってあった。外光がたっぷりと入る開放的な廊下、特別室。指導もきめ細やかだと見えて、児童の工作がのびのびしている。この日は休日だったが、たまたま登校しておられた児童文学者で大宇国民学校校監の鄭鏞元《チョンヨンウォン》先生にお目にかかる。鄭先生の指導による詩画展が中庭に面した廊下で催されていた。児童数の割に校舎も校庭も広い。スクールバスで子どもたちは通ってくる。

「島の子どももこの大宇国民学校に通っているの？」

金仁順さんにたずねた。海を眺めながら。

「いいえ、大宇の社員と労働者の子どもだけ」

「かなりの差がありそうね、島の学校と」

「問題ですよ、いろいろ。町の中にも従業員のアパートがあるし。そこまでスクールバスが迎えに来る。島の子は歩いているけど」

「漁業は沿岸漁業でしょ、この島の人びとの漁業は。夫婦で船に乗って漁に出るわけ？」

「ちいさな船よ」

「生活できるだけの漁獲はあるの？」

「昔はこのまわりはアワビがよくとれたのよ。びっしり岩についていたよ、赤貝も大きなのがよくとれた。でも今はすくなくなった。漁船は出るけど古い船だから日本の漁船に負けるのよ」

「日本船の密漁は多い？」

「どっちも多いでしょう。海に線は引かれんのだから。魚は人間に関係なしに泳ぐからね。ただ島の漁船は小型で古いからね、日本で使わないような船だから」

私たちはホテルに入った。ひっそりしているが大きなホテルである。西欧人の男性が二人硝子越しの外光の中を歩いていた。ここの日本食堂で昼食をいただく。

崔起龍氏が、

「外国人のためにこんなホテルを建てていますよ。うちの国の者が使う設備ではありませんよ、これは。ここは日本食の料亭です。日本人のバイヤーが来たときに使うのでしょう」

と言う。彼が話しつづける。

「この島にもう一つ造船所があります。今から行く道に。これは三星《サムソン》造船所で従業員七千人。あまり大きくはありません。こちらが巨済島にあります」

「すばらしいドックでしたね。私は旅行に来ます数カ月前に北海道の函館にある造船所と、九州の佐世保の造船所を見たのですけど、規模がちがいますね」

「日本の造船業はもう終ったでしょう?」

「ええ。みんな韓国に注文をとられて。函館ドックもいよいよ最後でした。今全国の造船業の従業員が三万二千人くらいです。大宇とあまりかわらない」

「うちの国は重工業にも力をいれています。車も輸出用の新車の開発ができました。カナダ向けです。近年は経済発展をみせていますよ。けれどもすべて借金です、これは。あなたの国の資本も入っています。日本資本、米国資本、国際銀行、すべて借金です。その借金の返済は困難です。困難に追いつめられる危険性がありますよ。政府は民衆の生活が向上したではないかと言いますよ。その通り、表面的にはね。

しかし軒先を貸して母屋をとられるということにならねばいいが、と、心ある者は考えています。うちの国で生産した物資はまわりまわってソビエトにも行っていますよ。わが国の織物の輸出品はソ連の軍服になっていますから、世界経済は巨大国に握られていますから、どこに何が行くか実際のところ、わかりません。経済発展というけどね、実質はアメリカが握っているのだから。あなたの国の造船業が終ったのも、うちの労賃が安いためだけではありませんよ」

崔起龍氏はそう言うと、「あなたの国も私の国も交通信号の色までアメリカの真似をしていますよ」とつづけた。料理が運ばれて来た、日本の会席膳が。別にキムチの鉢もそえてある。

「うちの国は衣と住とはかなりよくなって来ましたけれど、食がまだよくありません」

「そうですか、おいしくいただきましたけど。大邱でもソウルでも」

「いえ、一般家庭が……」

「そうですか」

金仁順さんが、

「韓国料理ばかり食べた？」

と聞いた。

「そうよ。今日初めて日本式のものをいただくの」

「このホテルはね、従業員のしつけまでアメリカ式だからサービスがよくない。もう一つのホテルは日本式の接客法を学んだからとても親切だけど。日本料理がないのよ」

「サービスの仕方ってちがうの？」

「ちがいますよ、ホテル本位か客本位か。国によってとてもちがう。日本は親切よ」

「そう？」

私は韓国人のほうが数倍親切であたたかいと思っているのだ。

私たちは海岸に沿って走った。海はさざなみさえ立っていない。入江になっていたり、島に囲まれたりしている。

「昔日本に元が攻めて来たでしょう？」

おしゃべりをつづけている私たちに崔氏が運転席から問うた。

「元寇《げんこう》ですか？　博多にも史蹟がありますよ」

「あのときの元の軍隊が出航したのがこの入江です。地名が残っています」

「なるほど。このあたりですか」

「そのずっと後、倭寇がうちの国に攻めて来たときの防塁の跡があれです。あのときはこの付近の住民は陸地の奥のほうまで逃げました。慶尚北道の近くに海印寺がありますが、あの海印寺のあたりまで逃げています」

防塁前の波打際は砂の渚が静かである。牡蠣《かき》の養殖や貝の養殖をしている。

崔氏が車を停めて、「二人並びなさい」と言った。カメラを出して海を背に並んだ私たちをうつしてくれた。柳並木の芽がふくらんでいた。あと二週間もすれば青々となるよ、と金仁順さんが言う。

長承浦はかつて入佐村といって佐賀県人がいた所だそうだ。日本住宅はなくなったが日本ふうな風習が残っているという。忠武市には岡山県人がいて地名に岡山という所があるとのこと。さらに昔、対馬を経て倭寇が盛んに沿岸を荒らした頃のこと、李朝第四代王の世宗の時代となって対馬に反撃に出てようやく平定し、そのまま対馬にとどまる者も出た。『李朝実録』には対馬人が韓国で宮仕えしながら妻子とともに暮らしている記録もあるが、忠武市のあたりに多い姓のうち、玉《オク》という姓を持つ一族は当時の対馬人の子孫だという。もっとも玉姓に二系列あって、対馬から日本人の妻子を連れて来た人の子孫と、韓国にいた本妻の子の子孫がいるという。崔氏は多くの知識や情報を持っておられて風景の説明もたのしい。

島から忠武市にかけての海岸はおだやかな景色である。丘陵の麦も青いし、ときには椰子の木も見え、田で遊ぶ黒い山羊の親子もそこここで眺めることができる。女たちはモンペをはいている。緑や青やえんじ色などの。そして頭上運搬をしている。牛を追う女もいる。忠武市は都市なのだが、おっとりと田園ふうで、働き者らしい女たちが行き交うのだ。街頭で子どもたちがヨーヨーをして遊んでいる。綿菓子屋が屋台をとめている。アイスクリンと呼びたくなる赤い色の氷菓子をリヤカーに積んで引きながら売っている。

「慶尚南道と慶尚北道とはなんだかふんいきがちがいますね。釜山までの列車の窓から眺めていたのだけど、慶南のほうが田畠の仕事もずっと素朴ね。牛が畠を起こしていたわ」

「とてもちがいますよ。こっちのほうが人情もおだやかですよ」

「金仁順さんは慶北でしょ、生まれは」

「でももうこっちのほうが好きになった。慶北人は排他的だとよその土地では言うのよ。特に大邱はその傾向が強いと言われているよ。昔から権力者が出るところだったし、解放後もそうだからいろんな面で権力に結びついているから考えが封建的よ、あの町は」

「そういう感じが残っていそうね。どうもそう感じましたよ。全羅道の光州《クワンジュ》などいつも現状批判の動きを見せているのに……。西側と東側とは昔の百済と新羅でしょ。それ以来ずっと質がちがっているのかなあと思うくらいよ。昔から言っていたのでしょ、嶺南治まらずんば国治まらず、とか、そんなふうに」

「学者の力が強かったのよ、嶺南は」

「一口に嶺南といっても、それでもこちらは明かるいわ」

「海洋的ですよ、風土も性格も。山も低いしおだやかだし。そして開放的よ、ここの人たちは。排他性が強くないのよ」

「日本も海岸の人はそうだわ」

「明かるくて陽気でよく働くし。野菜も米もおいしい。私は慶尚南道の人間になってしまったよ。慶南の人間というより巨済島の人間になってしまった。島から出ないよ、仕事以外には。ソウルにもめったに行かない。島がいいよ」

「それじゃソウルであなたに会えたのは奇蹟みたいなものね」

「ほんとにそうよ」

私たちは車を出て石段を登る。洗兵舘と額に大書してある建物に向かう。朱塗りの太い柱が十数本、三列に並んでいる大きな史蹟である。壁はない。建物の中央にも太い柱が並んでいるのだ。李朝時代のおよそ三百年にわたって水軍の統制営に使用したものだという。

庭は芝生になっていた。

次いで忠烈祠を訪れた。ここに忠武公はまつられている。洗兵舘で一緒になった青年がここにも一人でやって来て忠烈祠と書いてある額をじっと見上げている。海軍に入隊したばかりの二十一歳の若者だった。この建物の裏手は竹藪。以前はもっと広い竹藪だったそうで、この祠のそばに資料として保存してある刀にまつわる話が残っていた。植民地時代に日本人の軍人がその刀を盗んで逃げたが、刀には意志があるかのように軍人は一晩中裏の竹林の中を歩きまわっていて、遂に竹藪の中で倒れていた、という話である。楼門も土塀も解放後に作ったものだろうか、史蹟はよく保存されていた。忠武公の祠堂は商店街よりすこしばかり高台になっている。町の人びとはざっくばらんで気取りがない。祠堂の前にも生活臭があふれていて車がすれちがえずに警笛を鳴らし合い、モンペの女たちはすぐそばで、のんびり立ち話をしている。

まわりの海は多くの島々が点在していて天草や島原の海のようだ。きめのこまかな眺望が沿岸に眺められる。豊臣秀吉の軍隊はこのおっとりした海ふところに入りこみ、李舜臣将軍の軍隊に退路を絶たれて、浜に水路をうがって逃げようとしたという。その砂浜に行ってみた。彼らが掘った水路が運河となって残っていた。李舜臣将軍の銅像が建つ丘の公園を、観光客の夫妻が歩いていた。見上げるように大きな銅像が、外敵を防ぐように海を見ている。くりかえしくりかえし侵攻していたのだ、日本は。私たちは、とあるホテルでコーヒーを飲んだ。ホテルへの坂道に椰子の木が植え込んであった。滑らかな海面を見下ろしながらゆっくりと動いて行く漁船を眺めた。

李舜臣の史蹟の海を見て帰った夜、崔起龍氏が語った言葉は印象深かった。

「私は疑問を持っていました。世界史上で日本とドイツはどこの民族よりも残酷なことをして来ています。どこよりも悪いことをして来た。それが何故、敗戦後に、他の国よりもやすやすと生きのびるのか。うちの国よりもよりよく生きることができるのか。大きな疑問でした。

神がいるなら、なぜ、こんな状態にしているのか。

私は西ドイツをはじめヨーロッパ各地をまわって、アメリカ、日本とたずねました。非常な疑問をもってまわりました。そしてすこし感じたことがあります。日本はたしかに悪い残酷なことをして来た。しかし、民衆の中に義人がいます」

「義人？」

「これは私の仕事上、社会事業の範囲で言うわけですが、それを通して他の分野も推察できました。日本には、世の中の誰にも知られなくとも、熱心に社会につくす人がいます。庶民にそんな人がいるのです。義人が。

こういう社会事業につくす人の多くは、ほとんど一ウォンにもならないでしょう、昼は勤めに出て、休日や夜に聖書を教えたり、あるいは福祉のために働くのですから。でも、たとえば義人が十人おれば大きな力がでます。私が会ったのはキリスト教関係の人ですが、日本の庶民にはそんな人がいるのです。残念ながらわたしの国では民度は低いです」

私は返答に窮した。どの民族よりも残酷なことをした、という言葉に刺されながら。いい日本人に彼が会ってくださったことを感謝した。千葉県や神奈川県の人びとのようだった。

「でも韓国にも金仁順さんのような方もすくなくありませんね」

「たしかに個人はいます。いますけど、それがまとまった力に発展するのは困難です。それが私の国の問題です」

「私は日本に帰ってから、ながい間日本という国の体質に悩みました。どうしても尊敬できない。なんとかいい点を見つけないと生ききれないと思いました。十年くらいたってから炭坑町を知りました。外観をとりつくろわず、他人を支配することなく、素顔のままで貧しい人びとが互いに助け合って生きていました。とても質のちがう日本人だったんです。

いいなあ、と思って、やっと、この人たちの考え方のあとについていこうと思ったんです。ここなら恥ずかしくないと思ったんです。よその国の人にその人間性を見られても。でも、日本国内ではその人びとは評価されてはいませんでした。荒っぽくて恐ろしい人たちだと見られているようでした。人間を見る目が階層や生き方でとてもちがうんですよね。ですから、あなたがごらんになった義人が日本人の社会の中ではどう意識されているか、ちょっと、なんとも言えません」

「それはそうでしょう、だから義人です」

金仁順さんも私たちが話している二階に上って来た。くつろいだ表情で「味噌を持って帰りなさい、コチジャン。焼肉のときにすこしずつつけて食べるとおいしいから」と言ってソファに掛けた。暗い窓にちかちかと遠くの灯がまたたく。

私はこの旅で行く先々でキリスト教徒に出会った。それが度重なるにともなって落着かぬ思いになった。二人にそのことを話す。何かしら不自然な思いがしてしまう。と。二人は率直に語ってくれたように思う。韓国に野火の如くキリスト教が浸透し、たちまち多くの派に分れたこと。その分派を体系化して語ってくれた。神学上から、また政治とのかかわりの面から。そこには、およそキリスト教とはいいがたいようなシャーマニズムすれすれの一派や、政治上の便宜のため以外にない盛大な宗派や、自己教会主義に徹して他をかえりみない主義や、人権派の分裂など、短期間に波濤のごとき歴史が重なっていた。また、それが外来文化である点を克服するように、自国固有のキリスト教の体系を確立するために古代宗教の神との接点を論理化しつつあることも教えてもらった。こうしたことがらは韓国の現状――南北分断四十年の苦悶そのものだった。教義の受けとめ方に、やはりひしひしと伝わってくるものがある。

現在教会の数はおよそ二万戸ぐらいあるそうだ。五大都市に六千戸から七千戸があり、全体の約三〇パーセントに当る。残りの七〇パーセントは田舎に建っている。そして全教会の七〇パーセントは経済的に自立できない教会だそうだ。最小限二百名の信徒を確保しないと自立はむずかしい。信徒が収入の十分の一を喜捨するのは聖書にもある教えだが、民度の低さを利用して教宣する牧師もすくなくない。つまり喜捨すれば救われるという教えである。信者は貧困層が多い。救われたくて集る。しかし教会関係者が批判するのは巨大教会が寄附金の用途を知らせないことだ。社会事業にもまわさない。牧師の私生活に使う。神秘主義に流れる一派は山の中に祈禱院を作って一週間から一カ月の祈禱生活をすすめる。山にこもればご利益があると教えるのだ。他方ホテルで朝食祈禱会をもよおす宗派もある。国家と民族と国家元首のためにという主旨で。彼らは教会はあるのにホテルで祈禱会を盛大にもよおすのだ。幾万という集会者の量が誇示される。集会は国家の安泰なくして宗教の自由なしという論理によっているので、選挙運動と無縁ではない様子である。

一方農村などで自立しがたい教会をかかえて苦労しながら、福祉事業をしている教会もある。もちろん民主化運動に専念する教会もある。それらが分裂して大きな力になりがたい悩みをかかえている。

今ここで私は詳細にふれるのはよしたい。なぜならここに私の苦悩が直接かかわっているわけではないから。しかし韓国の関係者は非常に苦しんでおられるからである。ここには他の分野とも共通するところの、民族発生以来といえるほど根深い問題が内在していると思われた。私がわれとわが体質を苦にするように。それほど固有の、民族的な傾向性が内在している。文化のとりいれ方、内発性との拮抗の仕方、集団化の様子、集団と個の関係その他、実に多面的な問題が、社会主義国家に対決する精神的基盤としてのキリスト教に含まれている。あるいは、民主主義国家を生み出すための文化基盤としての信仰に。私は話を聞きながら、日本人の尊大さや弱者支配欲や権力追従の根性や、ともかく自分の体臭のごときわが民族性の一面を思い浮かべていた。

ここ二、三年子どもの世界にこの日本人の体臭が再生しているのか、いじめ問題や校内暴力が報道されない日はないほどになっている。かつてはこれが大人の日常だった。どのように美名を使おうとも。敗戦後に占領軍によってしつけられた外来文化の民主主義や人権意識のほころびが目立ってきたようだ。今回の訪韓で小学校・中学校・高校といずれも一つ二つは訪れた。どの学校へ行っても、日本の子どもと教育の問題が話題にされた。

「どういうことなのか、どうしてあんなことが起こるのか、校内暴力とかいじめとか、理解できません」

どの学校でも先生方がそのことを問われた。日本の教育関係の書物も雑誌もいろいろと学校では揃えておられた。

「日本の教育は何かまちがっているとしか考えられません。もし、民主化というのがあんなことにしかならないのなら、考え直さなければならないと思います。子どもたちが弱い者いじめをしたり、教師に暴力をふるって、殺しまでして、それでもそれを止める力が社会にないというのは、どういうことなのでしょうか。それをゆるしている社会というのは、もう人間的な社会ではなく、倫理観も理性も失っているとしか思われませんが。同じ教育の現場にいると、日本のことはとても気になります。将来のわたしの国が日本のようにならないためにはどうすればいいのかを真剣に考えています。今はまだ教師に注意されると、親も生徒も感謝します。なぜ日本の教師は生徒を教育できないのでしょう。なぜ日本の生徒たちは、先生が自分に対して忠告してくれたことに感謝できないのでしょうか……」

訪問先の教員室で、必ずこのような話が出た。

現状に悩んでいない日本の庶民はいないと思う。敗戦のあと懸命に生きて、平和でありたいと願い、今度こそどの子もこの子も学校へ行かせたいと考えて来た。民間には、それを義人と呼んでいいのかどうか、とにかく心血注いで、よりよい人間関係を築こうと努めている無名人はいくらもいくらもいる。それでいて、この現状なのだ。韓国にいて日本の現実をふりかえると、ほんとうに、何かがまちがっている、と、理解しがたい思いになる。

韓国では、それを、日本人が真の信仰を持たぬせいでは、と考えつつあるようだ。

「韓国は今自由化をかなりゆるしているように見えるでしょう？」

ぼんやりしている私に金仁順さんが言った。

「そうですね、以前にくらべると発言の自由も表現の自由もひろがっているようね」

私は観る機会を持てなかったが、女性ばかりの劇団が、分断四十年を劇化して、被支配階層の自由を叫んだ舞台には大勢の観客が共感の拍手を送ったという。ソウルでも、地方都市でも。

「でも今の政府ではこれが限度よ。与党のジェスチャーにすぎないのだから。本気で自由化政策をすすめようとしているわけではないよ」

「野党連合の動きなどが日本にも報道されているけど」

「アメリカの考え次第です、どう動くかは」

崔起龍氏が言った。同じ言葉を旅の間に折々に聞いた。そう語った人の多くは、ニヒルな口調で語ったわけでもないのだ。「うちの国民もばかではないから実情はよく知っています。耐える力はあるわけです。悲観も楽観もしないで」と言った。また、「心配なのは学生とか若い者に現実認識の力量と忍耐とが今までのように育っていくかどうかです。生活がとても変って来て、表面だけはアメリカ並になってきたので、なんでもやれるような性急で我慢ができない気持ちにさせやすくなりました。それだけ現実が見えにくくなっています。ほんとうは情況次第で一度にすべてがまたひどくなる不安定な立場にあることが見えなくなって来ていますから」と、そういう意見も聞いた。それでも全般にのびのびと生活は営まれている。

窓の外のまっくらな海で、海上でまたたいていたいくつかの灯の色が濃くなった。

昼間職業訓練室で布を織っていた娘さんが、「先生」と言ってジュースを運んで来た。にこにこしている。金仁順さんが、

「明日日本に帰られるよ」

と言った。

彼女は、

「水も持って来ましょうか、夜眠るときの」

と私を見て言った。その目がもっと多くの言葉を語っている。

あたたかなオンドルでは夜半に飲む水を枕元に用意する風習があるようだ。多くの家庭で、娘たちが、親や祖父母やその他の家族に昔から運んでいたものだろう。

「お願いします」と家族のない子に日本語で言う。
十七、八歳の孤児の娘が、「わかった、わかった」と言うように勢いよくうなずいた。アットホームなしぐさである。さらさらした長い髪をポニー・テールにして、微笑して、もう一度うなずいた。

船酔いにも似た感覚が湧いてくる。

短い旅ながら韓国を歩けば、大地も河もゆれやまぬものなのだと知らされる。ことに女性が踏みわたる世界は、私の視界がとらえる限りの近代から現代へかけて、成熟した女も青春の女も、ゆれる土と水とを常の事とし、血の甘えをはじきとばしながら生きてきた。私など日本人が、不動の大地と呼んできた日常生活の基盤を、韓国の女たちはゆれやまぬ時空ととらえて、どの母もどの娘もいつも個でありつづけた。金泉中高校を創立した崔女史の昔から、私の旧友たちの娘に到るまで、大家族制度の中であれその崩壊過程であれ、個々にまことにすがすがしい。生活様式はがんじがらめの男社会なのに、人間はいつだって孤《ひと》りですよ、というように生きて来ている。

日本の生活感情は一見父系社会ふうな体制の中で、情念は母系で動いているから、母子相姦めいた母親像が大きすぎて女たちはいまだに個を明確にしていない。そんな日本になれて韓国を訪れると、中年女も若い女性も血族の中で実にすっきりしているのを感ずる。ねっとりとしたもたれ合いがないのである。家族や友人に対してもはっきりとものを言う。きびしく、くっきりと個であり、だから結び合っている。昔はそれを三界《さんがい》に家なしと言ったろうが、ひょっとすれば別の明朗さを知ってきていたのではあるまいか。そんな思いが旅の間に出会った人びとの笑顔に重なる。侵略・動乱・分断とつづくここ百年の女性史が親しい知人・友人の背後に見えて、生きるということに対する感受性が、日本人とかなりちがっていることを思わせられる。あるいは韓国の男性たちとも。すくなくとも血のフィクションを信仰するヤンバン信奉者とは。

社会的に何の権利も持たなかった女性の立場は強いのだ。恐れるものはないのだから。金仁順さんではないけれど、女は失うような自分の持ちものは何一つなく、得なければならない人間の核心は、それが他人の手に握られている孤児のように、遠い。

「またいらっしゃい。今度はもっとゆっくり何日でも泊まる予定で」

終日暇のない彼女がそんなことを言う。

「ありがとう。また来させてほしいわ」

「おやすみなさい、明日のことは心配しないで。連絡船が出ないときは釜山の空港まで車で送ってあげるから。今日行った忠武市を通って空港まで行けるのよ。時間はかかるけど。あなたは心配しないでいいよ」

彼女が灯を消した。

風が出て海が荒れ始めた様子である。

あとがき

二冊の小著から戦後の生き直しの歳月の一端をまとめた。最終篇の「椿咲く島」にある愛光園との絆は、私がくらす宗像市の有志や市内二カ所の身障者施設が二〇〇〇年春から園生の修学旅行を迎えて以来、相互訪問へと交流を深めている。

私は幼い頃からあの半島の風土をむさぼり愛した。紙と鉛筆やクレヨンが遊び友達だった。五、六歳の頃には朝目を覚ますとひとりで庭へ出た。朝空がひろい。刻々に空や雲が色を変え姿を変える。ある朝、大空のあまりの美しさに涙し、母の食卓への呼び声にも身動きしかねた。父が顔を出し、だまってうなずいてくれた。十代後半に、当時は「内地」と呼んでいた東京発行の雑誌へ、「外地」からペンネームで詩を投稿し出す。片手にはスケッチブックを持ち歩いた。

そして敗戦を「留学」中の九州で体験し、国政と比すべくもない個の原罪意識に突き動かされるまま列島の北へ南へと海沿いの旅を重ねた。一人前の日本の女へと納得できるわが身を求めながら。農漁業や林業の村や町の方々に会う。働く日々の喜びや仲間等との談笑に誘われる。朝早くひとり渚に立ってしまう。時に、泊れと村人は旅の身を招き入れた。夜ふけまで村伝来のくらしを語る。それは北ぐにの里を行くにつれて強くなった。とある漁家の老女が小さな日記帳をひらいて語った。南への旅は手造りの四角の三味線を弾き語り踊る村人に泊められて、酔い踊り、そのまま眠った。沖縄の南方の小島の夕ぐれ、海は地球の曲線を鮮やかに染めつつ陽が沈む。砂浜に立っておれなくなる。しゃがみ込んだまま見つめた。遙かかなたからひびく祈りのさざ波に揺れながら。

藤原書店にはこれまでに、『いのち、響きあう』『愛することは待つことよ――二十一世紀へのメッセージ』を刊行していただいている。今回担当してくださった山﨑優子さん、細やかなご配慮を心より感謝いたします。

二〇〇七年夏

森崎和江

初出一覧

序章　（書き下ろし）

第一章　ある植民二世の戦後

（『二つのことば　二つのこころ――ある植民二世の戦後』筑摩書房、一九九五年七月刊）

故郷・韓国への確認の旅　『婦人公論』一九六八年八月
訪韓スケッチによせて　『辺境』1、一九七〇年六月
土　塀　『アジア女性交流史研究』No.4、一九六九年一月
ちいさないわし　『西日本文化』一九七三年八月
詩を書きはじめた頃　詩集『風』あとがき、一九八二年四月
私を迎えてくれた九州　『九州人』一九六八年二月
草の上の舞踏　『暗河』九号、一九七五年一〇月
ある朝鮮への小道――大坂金太郎先生のこと　『三千里』二三号、一九八〇年秋

第二章　明日へ吹く風

（『こだまひびく山河の中へ――韓国紀行八五年春』朝日新聞社、一九八六年七月刊）

大邱市の夜／オンドル旅館／伽倻山の雪／椿咲く島

著者紹介

森崎和江（もりさき・かずえ）

詩人、作家。1927年朝鮮大邱に生まれる。福岡県立女専を卒業。1950年、詩誌『母音』同人となる。58年、筑豊の炭坑町に転居し、谷川雁、上野英信らと文芸誌『サークル村』を創刊（60年終刊）。59～61年、女性交流誌『無名通信』を刊行。
詩集に『地球の祈り』（深夜叢書社）『ささ笛ひとつ』（思潮社）など、その他『からゆきさん』（朝日文庫）『奈落の神々　炭坑労働精神史』（平凡社ライブラリー）『いのち、響きあう』『愛することは待つことよ』（藤原書店）『いのちへの旅』『語りべの海』（岩波書店）『慶州は母の呼び声』（洋泉社）など多数の著書がある。『森崎和江コレクション』は藤原書店近刊。

草《くさ》の上《うえ》の舞踏《ぶとう》——日本《にほん》と朝鮮半島《ちょうせんはんとう》の間《はざま》に生《い》きて

2007年 8月30日　初版第1刷発行©

著　者　森　崎　和　江
発行者　藤　原　良　雄
発行所　株式会社　藤原書店

〒162-0041　東京都新宿区早稲田鶴巻町523
TEL　03（5272）0301
FAX　03（5272）0450
振替　00160-4-17013
印刷・製本　中央精版印刷

落丁本・乱丁本はお取り替えします
定価はカバーに表示してあります
Printed in Japan
ISBN978-4-89434-586-7

感動の珠玉エッセイ集

いのち、響きあう

森崎和江

戦後日本とともに生き、「性とは何か、からだとは何か、そしてことばとは、世界とは」と問い続けてきた著者が、環境破壊の深刻な危機に直面して「地球は病気だよ」と叫ぶ声に答えて優しく語りかけた、〝いのち〟響きあう感動作。

四六上製　一七六頁　一八〇〇円
（一九九八年四月刊）

民族とは、いのちとは、愛とは

愛することは待つことよ

（二十一世紀へのメッセージ）

森崎和江

日本植民地下の朝鮮半島で育った罪の思いを超えるべく、自己を問い続ける筆者と、韓国動乱後に戦災孤児院「愛光園」を創設、その後は、知的障害者らと歩む金任順《キムイムスン》。そのふたりが、民族とは、いのちとは、愛とは何かと問いかける。

四六上製　二二四頁　一九〇〇円
（一九九九年一〇月刊）

『機』誌の大人気連載、遂に単行本化

いのちの叫び

藤原書店編集部編

生きている我われ、殺された人たち、老いゆく者、そして子どもたちの内部に蠢く……生命への叫び。

森崎和江／日野原重明／森繁久彌／金子兜太／志村ふくみ／堀文子／石牟礼道子／高野悦子／金時鐘／小沢昭一／永六輔／多田富雄／中村桂子／柳田邦男／加藤登紀子／大石芳野／吉永小百合／櫻間金記／鎌田實／町田康／松永伍一　ほか　［カバー画］堀文子

四六上製　二二四頁　二〇〇〇円
（二〇〇六年一二月刊）

知られざる逸枝の精髄を初編集

わが道はつねに吹雪けり

（十五年戦争前夜）

高群逸枝著　永畑道子編著

満州事変勃発前夜、日本の女たちは自らの自由と権利のために、文字通り命懸けで論争を交わした。山川菊栄・生田長江・神近市子らを相手に論陣を張った若き逸枝の、粗削りながらその思想が生々しく凝縮したこの時期の、『全集』未収録作品を中心に初編集。

A５上製　五六八頁　六六〇二円
（一九九五年一〇月刊）

絶対平和を貫いた女の一生

絶対平和の生涯

（アメリカ最初の女性国会議員ジャネット・ランキン）

櫛田ふき監修
H・ジョセフソン著　小林勇訳

二度の世界大戦にわたり議会の参戦決議に唯一人反対票を投じ、ベトナム戦争では八八歳にして大デモ行進の先頭に。激動の二〇世紀アメリカで平和の理想を貫いた「米史上最も恐れを知らぬ女性」（ケネディ）の九三年。

四六上製　三五二頁　**三二〇〇円**
（一九九七年二月刊）

JEANNETTE RANKIN　Hannah JOSEPHSON

愛と勇気の生涯

「アメリカ」が知らないアメリカ

（反戦・非暴力のわが回想）

D・デリンジャー　**吉川勇一訳**

第二次世界大戦の徴兵拒否から一貫して非暴力反戦を貫き、八〇代にして今なお街頭に立ち運動を続ける著者の、不屈の抵抗と人々を鼓舞してやまない生き方が、もう一つのアメリカの歴史、アメリカの最良の伝統を映し出す。

Ａ５上製　六二四頁　**六八〇〇円**
（一九九七年一一月刊）

FROM YALE TO JAIL　David DELLINGER

文化大革命の日々の真実

中国医師の娘が見た文革

（旧満洲と文化大革命を超えて）

張　鑫鳳（チャン・シンフォン）

「文革」によって人々は何を得て、何を失い、日々の暮らしはどう変わったのか。文革の嵐のなか、差別と困窮の日々を送った父と娘。日本留学という父の夢を叶えた娘がいま初めて、誰も語らなかった文革の日々の真実を語る。

四六上製　三一二頁　**二八〇〇円**
（二〇〇〇年二月刊）

韓国が生んだ大詩人

高銀詩選集

いま、君に詩が来たのか

高《コ》　銀《ウン》

金應教編　青柳優子・金應教・佐川亜紀訳

自殺未遂、出家と還俗、虚無、放蕩、耽美。投獄・拷問を受けながら、民主化・統一に生涯をかけ、朝鮮民族の運命を全身に背負うに至った詩人。やがて仏教精神の静寂を、革命を、民衆の暮らしを、民族の歴史を、宇宙を歌い、遂にひとつの詩それ自体となった、その生涯。

［解説］**崔元植**　［跋］**辻井喬**

Ａ５上製　二六四頁　**三六〇〇円**
（二〇〇七年三月刊）

日韓友情年記念出版

「アジア」の渚で
〈日韓詩人の対話〉

高銀・吉増剛造

［序］姜尚中

民主化と統一に生涯を懸け、半島の運命を全身に背負う「韓国最高の詩人」、高銀。日本語の臨界で、現代における詩の運命を孤高に背負う「詩人の中の詩人」、吉増剛造。半島と列島をつなぐ「言葉の架け橋」。「海の広場」に描かれる「東北アジア」の未来。

四六変上製　二四八頁　二二〇〇円

（二〇〇五年五月刊）

「人々は銘々自分の詩を生きている」

金時鐘詩集選

境界《きょうがい》の詩
〈猪飼野詩集／光州詩片〉

［解説対談］鶴見俊輔＋金時鐘

七三年二月を期して消滅した大阪の在日朝鮮人集落「猪飼野」をめぐる連作詩『猪飼野詩集』、八〇年五月の光州事件を悼む激情の詩集『光州詩片』。「詩は人間を描きだすもの」（金時鐘）

〈補〉鏡としての金時鐘（辻井喬）

Ａ５上製　三九二頁　四六〇〇円

（二〇〇五年八月刊）

「在日」はなぜ生まれたのか

歴史のなかの「在日」

藤原書店編集部編

上田正昭＋杉原達＋姜尚中＋朴一／金時鐘＋尹健次／金石範ほか

「在日」百年を迎える今、二千年に亘る朝鮮半島と日本の関係、そして東アジア全体の歴史の中にその百年の歴史を位置づけ、「在日」の意味を東アジアの過去・現在・未来を問う中で捉え直す。日韓国交正常化四十周年記念。

四六上製　四五六頁　三〇〇〇円

（二〇〇五年三月刊）

激動する朝鮮半島の真実

朝鮮半島を見る眼
〈「親日と反日」「親米と反米」の構図〉

朴一

対米従属を続ける日本をよそに、変化する朝鮮半島。日本のメディアでは捉えられない、この変化が持つ意味とは何か。国家のはざまに生きる「在日」の立場から、隣国間の不毛な対立に終止符を打つ！

四六上製　三〇四頁　二八〇〇円

（二〇〇五年一一月刊）